별일

별일

최은미 짧은소설
수하 그림

마음산책

최은미

2008년부터 소설을 쓰기 시작했다. 쓴 책으로 소설집 『너무 아름다운 꿈』 『목련정전目連正傳』『눈으로 만든 사람』, 장편소설 『아홉번째 파도』 『마주』, 중편소설 『어제는 봄』 등이 있다.

별일

1판 1쇄 인쇄 2025년 10월 25일
1판 1쇄 발행 2025년 10월 30일

지은이	최은미
펴낸이	정은숙
펴낸곳	마음산책
담당 편집	이동근
담당 디자인	오세라
담당 마케팅	권혁준
경영지원	박지혜

등록	2000년 7월 28일(제2000-000237호)
주소	(우 04043) 서울시 마포구 잔다리로3안길 20
전화	대표 362-1452 편집 362-1451 팩스 362-1455
홈페이지	www.maumsan.com
블로그	blog.naver.com/maumsanchaek
트위터	twitter.com/maumsanchaek
페이스북	facebook.com/maumsan
인스타그램	instagram.com/maumsanchaek
전자우편	maum@maumsan.com
ISBN	978-89-6090-957-1 03810

* 책값은 뒤표지에 있습니다.

어떻게 에둘러도 이야기는 반드시 그 순간에 도달했다.

작가의 말

늘 짧은 소설이 쓰고 싶었습니다. 장편과 단편소설을 쓰는 동안에도 자주 짧은 소설을 생각했습니다. 길을 걷다 짧은 소설로 쓰고 싶은 단상이 떠오르면 혼자 피식 웃기도 했고 어쩐지 발걸음이 가벼워지기도 했습니다. 아이디어가 떠오르면 장편감인지 단편감인지 가늠하다 접어둘 때가 많았는데 짧은 소설로라면 무엇이든 쓸 수 있을 것 같았습니다. 제약이 주어지자 훨씬 큰 자유로움이 느껴졌다고 할까요. 그래서인지 저는 여기 묶인 소설들을 하나같이 즐겁게 썼습니다. 때때로 실없고 조금씩 이상한 구석이 있는 인물들에게 어쩐지 내내 애정을 느꼈습니다. 특별한 작업이 될 수 있게 손을 내밀어주신 마음산책에 감사드립니다. 책이 나오기까지 애써주신 편집자님과 그림으로 함께해주신 수하 작가님께 감사의 마음을 전합니다.

실린 소설들 중 가장 먼저 쓴 건 웹진《비유》2020년 6월 호에 발표한「이상한 이야기」입니다. 가장 마지막에 쓴 건 2025년 6월에 쓴「여름 출타」입니다. 각각의 제목을 갖고 있지만 저는 이 열한 편의 이야기들에 다 '별일'이란 제목을 붙여도 무방하지 않을까 생각해보곤 했습니다. 이 책을 읽은 누군가와 만나 '별일'이란 단어로 짧은 글짓기를 해보는 상상을 하기도 했습니다.

당신이 들려줄 한 문장이 궁금합니다.

다음엔 더 짧게 쓰고 싶습니다.

2025년 가을
최은미

차례

작가의 말 7

한철 13
별일 23
김청자가 아닌 사람 38
이상한 이야기 51
어떤 드라마 76
이야기 모임 1 90
이야기 모임 2 104
모르는 이야기 124
여름 출타 151
특별한 어떤 날 168
겨울의 일 194

사람들을 미워하는 데에 에너지를 쓰고 싶지 않았다.
어쩔 수 없이 미워할 수밖에 없다면,
확실한 물증을 잡고 정확한 대상을 짚어
낭비 없이 미워하고 싶었다.

한철

한여름이 막 지날 무렵 나는 해변가에 있는 조그만 식당에 자주 들렀다. 그곳은 물이 셀프였다. 고춧가루는 국내산을 쓰고 지금은 활동하지 않는 배우가 오래전 번창하라는 사인을 남기고 갔다. 유리문을 밀고 들어가 테이블로 걸어가면서 나는 늘 같은 말을 했다.

"한치회덮밥 하나 주세요."

주인과 눈이 마주치면 이렇게 덧붙였다.

"한치는 빼고요."

그러면 주인은 냉장고에서 물통을 꺼내며 나를 보고 조금 웃었다. 그곳은 물이 셀프이고 냉장고 옆에 웅

진코웨이 정수기가 있었지만 주인은 오직 나에게만 물을 직접 갖다줬다. 한치를 빼고 먹는다고 해서 내가 돈을 덜 낸 게 아니다. 한치값이 포함되어 있는 회덮밥 가격을 그대로 지불했다. 더구나 그곳은 냉동 한치를 쓰지 않고 생한치를 썼다. 쌀은 국내산. 배추도 국내산. 고춧가루도 국내산. 주인은 강조하고 싶어 하는 것 같았다. 배추뿐만 아니라 고춧가루도 국내산인 김치를 쓴다는 걸. 하지만 나는 김치를 먹지 않는다. 한치 또한 먹지 않지만, 한치를 제외한 한치회덮밥의 모든 요소를 좋아한다. 채 썬 오이와 양파, 깻잎과 청양고추, 김 가루와 비빔장, 약간 식은 밥.

주인은 매번 내게 물었다.

"맛있게 드셨어요?"

그는 성이 제갈인데 나는 살면서 제갈 성을 가진 사람을 실제로 처음 보았다. 알려고 안 건 아니고 벽에 보건증이 걸려 있어서 알았다. 제갈 사장은 요리와 서빙과 계산을 혼자서 다 했다. 제갈 사장이 맛있게 먹었느냐고 물을 때마다 나는 자꾸 상상을 하게 됐다. 가게 문을 닫고 난 깊은 밤, 비빔장이 담긴 단지 앞에 서서 이것저것을 넣어보고, 빼보고, 맛보고, 고개를 저으며 고심하는 제갈 사장을. 그의 비빔장에는 확실히 뭔가가 있었다. 흔히들 말하는 비법 같은 것 말이다.

  나는 매일 같은 시간에 같은 테이블에 앉아서 주방을 오가는 제갈 사장의 상체를 쳐다보곤 했다. 비법을 가진 남자라니. 그는 구레나룻에서 턱까지 털도 길렀다. 냉장고엔 날치알이 가득하겠지. 제갈 사장은 식당 벽에 여러 종이들도 붙여놓았다. 그중엔 오래전에 사회적 물의를 일으킨 여배우가 소주잔을 들고 있는 포스터도 있었다. 기억하기로 그녀가 사회적 물의를 일으킨 지 20년은 되었을 것이다. 그 옆엔 중요 지명 피의자 종합 공개수배 전단이 붙어 있었고(강도, 살인, 강간, 사기) 그 옆엔 붙인 지 얼마 안 된 것처럼 종이 상태가 아주 좋은 실종 아동 전단이 붙어 있었다.

  나는 한치회덮밥을 먹다 말고 전단지에 적힌 전화

번호로 실종아동전문센터에 전화를 한 적이 있었다. 순전히 충동적이었다. 전단지에 있는 실종 아동 명단에서 나와 같은 이름을 보았기 때문이다. 나는 티브이 채널을 돌리다 쇼호스트의 이름이 나와 같다는 이유로 그녀가 파는 물건을 산 적도 있다.

이름 구정희.
여, 실종 당시 만 3세, 현재 72세.
입술 왼쪽 위에 점, 이마가 넓고 보조개 있음. 실종 당시 키 90cm, 체중 13kg. 분홍색 긴팔 카디건, 탈색한 군복으로 만든 회색 하의를 입고 있었음.

빈 테이블에 앉아 떠드는 애들만 아니면 식당은 꽤 조용한 편이었다. 내가 가는 시간대에는 늘 애들 두 명이 식당의 빈 테이블에 앉아 숙제를 했다. 그 애들은 아빠인 제갈 사장이 주방으로 들어가고 나면 테이블 가운데로 주먹 하나씩을 내밀고 놀았다. 주먹에서 손가락을 하나씩 펴면서 애들은 이렇게 말했다.

엄. 마. 가. 욕. 하. (손가락을 다시 접으면서) 지. 말. 래. 요.

말을 마치면 놀랍게도 가운뎃손가락 하나가 남았다. 서로한테 그걸 겨누면서 애들은 키득댔다.

엄. 마. 가. 욕. 하. 지. 말. 래. 요.

엄. 마. 가. 욕. 하. 지. 말. 래. 요.

어쩌다 그 손가락이 이쪽을 향할 때도 있었는데 그러면 나는 한치회덮밥을 계속 먹기가 힘들었다. 숟가락을 내려놓고 게네를 불렀다.

"야!"

"……."

"너네 지금 나한테 그런 거야?"

애들은 눈을 멀뚱멀뚱 뜬 채 영문을 모르겠다는 표정을 지었다.

"너네 지금 나한테 그런 거잖아."

"뭘요?"

나는 애들이 앉아 있는 테이블로 걸어가 그것만 알려주면 용서를 해주겠다는 듯 속삭였다.

"너네 엄마 어디 계셔?"

그러면 어느새 주방에서 나온 제갈 사장이 웃음기 없는 얼굴로, 뭔가 복잡한 감정이 실린 얼굴로 나를 바라보았다. 그 표정을 보면 나는 가슴이 쓰라렸고 밤 산책을 좀 더 열심히 해보고 싶은 생각이 들었다.

해변에 도착하기 몇 주 전 나는 당근마켓에서 금속 탐지기를 구입했다. 꽤 고가인 그것을 들고 버스를 세 시간이나 타서 한여름 피서객이 휩쓸고 간 해변으로 왔던 것이다. 느지막이 일어나 점심 겸 저녁으로 한치를 뺀 한치회덮밥을 먹은 뒤 어두워지면 금속 탐지기를 들고 나가 해변의 이쪽 끝에서 저쪽 끝까지 산책을 했다. 빈손으로 산책을 마치는 날은 거의 없었다. 첫날은 탐지기로 18K 펜던트 목걸이를 건져 올렸고, 며칠 뒤엔 멜리 다이아몬드가 빗금처럼 박힌 커플 링을 주웠다. 동전은 셀 수도 없었다.

금속 탐지기가 있으면 밤 해변을 혼자 산책해도 무섭거나 외롭지 않았다. 해변엔 사람들이 잃어버리고 간 보석들이 별처럼 박혀 있었다. 나는 지상의 모래알 속에서 반짝이고 있는 그것들을 온몸으로 느낄 수 있었다. 해변을 걷고 또 걷다가 누군가가 그리워지면 주먹을 쥔 채로 손가락을 하나씩 폈다 접는 놀이를 했다. 엄. 마. 가. 욕. 하. 지. 말. 래. 요. 가운뎃손가락이 하나 남으면 나는 그게 이상하게 슬퍼서 혼자 킥킥대다가 다시 주먹을 쥐었다. 엄. 마. 가. 욕. 하. 지. 말. 래. 요. 엄. 마. 가. 욕. 하. 지. 말. 래. 요.

그러고 있을 때 그녀를 보았다. 내 눈앞으로 어떤 여자가 가볍게 뛰어 지나갔던 것이다. 새까만 개와 함께였다. 얼핏 스쳐 간 것이지만 굉장히 눈에 익은 얼굴이었고 확실히 오래전에 어디선가 본 적이 있다는 생각이 들었다. 얼마나 지났을까. 그녀가 누군지 왠지 알 것 같은 느낌이 막 찾아왔을 때, 그녀가 사라진 쪽에서 남자 둘이 저벅저벅 걸어 나왔다. 남자들은 똑같은 옷에 똑같은 모자를 쓰고 있었다.

그들은 내게 같이 가자고 말했다. 경찰서로 말이다. 나는 한 손에 금속 탐지기를 들고 있었고 다른 손엔 막 주운 보석을 움켜쥐고 있었기에 따라가지 않을 도리가 없었다. 그들을 따라 해변 입구 쪽으로 나가니 식당 앞에 제갈 사장이 서 있는 게 보였다.

"사장님."

나는 그를 불렀다.

"사장님!"

그는 웃음기 없는 얼굴로 나를 보기만 했다.

"사장님이 나 신고했어요? 그런 거예요?"

그가 긍정도 부정도 하지 않았기에 나는 가슴이 또 쓰라렸다. 그는 비법이 있는 남자인 데다가 얼굴에 털을 길렀고 나는 날치알을 가득 얹은 김마끼를 좋아했다. 나는 아이들의 숙제도 잘 봐줄 자신이 있었고 애들의 버르장머리도 바로잡아줄 수 있었다. 다른 귀금속은 다 전당포에 팔았어도 멜리 다이아몬드 커플 링만은 아직 주머니 안에 있었다. 나는 이 해변을 떠나기가 싫었다. 이 해변엔 복귀하지 못하는 여자가 새까만 개와 함께 뛰어다녔고 아직 잡히지 않은 강도, 살해, 강간, 사기범이 있었다. 아직 찾지 못한 별들이 있었다. 구정희 아가는 현재 72세였다. 계속 뒤를 돌아보는 내게 경찰이 말했다.

"이런 거 막 주워서 팔면 점유이탈물횡령죄로 처벌받아요, 아가씨. 아시겠어요?"

나는 걸음을 멈추고 경찰을 보았다.

"와. 제가 횡령을 저지른 거예요?"

뭘 했는지 그제야 이해한 것처럼 나는 갑자기 마음이 가벼워졌다. 나는 경찰을 따라 경찰서로 들어갔고, 밖으로 나가는 즉시 제갈 사장한테 한치값을 받으러 가야겠다고 결심했다.

별일

중희는 범인을 잡고 싶었다. 이번만은 반드시 잡으리라 마음먹었다. 그게 불특정 다수를 미워하지 않는 길이었다. 중희는 사람들을 미워하는 데에 에너지를 쓰고 싶지 않았다. 어쩔 수 없이 미워할 수밖에 없다면 확실한 물증을 잡고 정확한 대상을 짚어 낭비 없이 미워하고 싶었다.

창문을 마음껏 열 수 있는 날은 1년에 얼마 되지 않았다. 한겨울엔 추웠고 한여름엔 더웠다. 춥지도 덥지도 않다 싶으면 미세먼지가 찾아왔다. 중희가 엘리베이터에서 만나는 이웃들한테 의심의 눈길을 보내게 되는 때는 이런 때였다. 미세먼지 앱의 대기 상태가 '최고 좋음'을 기록하는 때. 화창하고 공기 좋은 때. 이때다 싶어 집 안의 모든 문을 활짝 열어젖히는 때.

그때마다 기다렸다는 듯 창문으로 담배 냄새가 들어왔다. 밖이 저렇게나 화창한데, 몇 걸음만 걸어 나가 엘리베이터만 타면 되는데, 공동주택 실내에서 담배를 피우는 몰상식한 인간이 누구란 말인가. 중희는 이번 봄에는 반드시 담배 냄새의 진원지를 찾겠다고 마음먹었다.

그날 저녁 음식물 쓰레기를 버리러 나갔다가 쓰레기봉투를 손에 든 채로 냄새를 따라간 건 창문으로 들어오던 바로 그 냄새가 어디선가 날아왔기 때문이었다. 두어 해 전부터였을 것이다. 그동안 맡아오던 담배 냄새와는 다른 냄새가 들어오기 시작했다. 살면서 단 한 번도 중희의 호흡기가 경험해본 적 없는 듯한 기이한 혼종의 냄새였다. 매캐한 것도 아니고 톡 쏘는 것도 아니고 시큼털털한 것도 아니고 달착지근한 것도 아니고,

굳이 말하자면 그것들이 다 조금씩 섞여 있어서 좀 토할 것 같은 냄새. 중희는 그 냄새를 따라갔다.

어둑어둑한 봄밤이었다. 일교차가 크다고들 했지만 목덜미에 느껴지는 바람에 간질간질한 훈기가 실려 있었다. 중희는 냄새를 놓칠까 봐 약간의 조바심을 느끼며 아파트 단지 안의 놀이터 하나를 지났다. 곧이어 앞 동 뒤쪽의 샛길로 접어들었다. 냄새를 쫓아가다 보니 스프링 목마가 늘어선 놀이터 하나를 더 지나게 되었다. 이 단지로 이사 온 지 5년이 넘었지만 놀이터가 이어져 있는 이쪽 구역으로는 와본 적이 거의 없었다. 아이를 키우고 있지 않아서일까.

그럴지도 몰랐다. 환절기가 되어 부비동염을 앓을 때마다 중희는 생각했다. 이 질환을 누군가한테 물려주지 않아도 돼서 얼마나 다행인가. 창문으로 담배 연기가 들어올 때마다 생각했다. 나 혼자만 괴로울 수 있어서 얼마나 다행인가. 중희는 코를 킁킁거리며 좁은 산책로를 좀 더 걸어갔고 지하 주차장 환기구를 몇 개 더 지났다. 그러다 마침내 나무 몇 그루가 우듬지를 맞대고 둘러선 어떤 장소에 이르렀다.

앱솔루트 명작 2단계.

성인 허벅지께까지 오는 둥근 나무둥치 위에 분유통 하나가 놓여 있었다. 한 여자가 허공으로 고개를 쳐든 채 그 옆에 서 있었다.

"여기가 어디인가요?"

중희는 길을 잘못 든 사람처럼 어리둥절한 얼굴로 여자한테 물었다. 나무들 옆으로 정체를 알 수 없는 구조물까지 서 있어 그곳은 샛길로부터 시야가 완벽히 차단된 곳처럼 느껴졌다. 중희는 아파트 단지 안에 이런 곳이 있을 거라고는 한 번도 생각해본 적이 없었다.

여자가 천천히 고개를 돌리더니 중희를 한번 훑었다. 쓰레기 버리러 나갈 때마다 걸치는 후드 점퍼에 반바지, 맨발에 슬리퍼, 한 손에 든 음식물 쓰레기봉투까지, 여자의 시선이 차례차례 옮겨갔다. 여자는 리조트 조식룸 같은 원피스에 머리를 집게 핀으로 틀어 올렸고 한 손에 바로 그것, 중희를 이곳까지 이끈 주범, 담배를 들고 있었다.

여자가 대답 대신 손으로 분유통을 가리켰다. 빈 분유통 안에는 벌써 몇 명이 다녀갔는지 여러 종류의 담배꽁초가 들어 있었다. 말하자면 그곳은 눈에 띄지 않는 곳에 마련된 비밀 흡연실 같은 곳이었다. 아는 사람들만 아는 그런 곳.

중희는 다시 한번 여자를 보았고, 그녀가 들고 있는 것이 연초가 아니라 전자담배라는 것에 약간의 실망감을 느꼈다. 막 저녁 설거지를 마치고 나온 듯 적당히 피로하고 적당히 흐트러진 매무새, 집게 핀으로 아무렇게나 틀어쥔 머리카락, 등짝에 소복이 내려앉은 군살에도 어쩐지 호리호리해 보이는 키, 재떨이로 쓰이는 앱솔루트 명작까지. 저기에 연초만 들고 있었어도 그림이 딱 떨어졌을 텐데 전자담배라니. 없어 보이게 전자담배라니.

그러다 중희는 자신이 여기까지 오게 된 이유를 떠

올렸고, 자신이 찾는 냄새가 맞는지 확인하기 위해 여자 쪽으로 좀 더 다가섰다. 티 나지 않게 코를 킁킁거리면서.

"비염이세요?"

여자가 물었다.

"……아니요. 저는 부비동염 앓아요."

중희는 무언가 실토하는 기분으로 말했다.

"부비동염. 참 힘든 질환이죠."

"혹시 부비동염 환우님이세요?"

중희가 묻자 여자가 입만 움직여 웃으면서 고개를 저었다. 그러곤 다시 허공으로 연기를 뿜었다. 중희는 한쪽에 음식물 쓰레기봉투를 내려놓았다. 주머니에서 마스크를 꺼내 쓰면서 여자한테 곧장 물었다.

"혹시 8동 살지 않으세요? 8동 1301호. 아니면 1402호."

"범인을 찾고 있군요?"

중희는 그렇다고 말했다.

"보시다시피, 난 밖에 나와서 당당히 피운답니다."

여자가 이번에도 입만 움직여 웃으면서 말했다.

"숨어서 피우는 것 같은데……."

비밀 동굴 숲 같은 곳을 훑어보며 말하자 여자의 웃음이 처음으로 입에서 눈으로 올라왔다. 눈과 입을 다 쓰며 웃더니 여자가 말했다.

"용의자를 좀 좁혀드려 볼까요?"

중희는 말해달라는 듯 여자를 보았다.

"물론 밖에 나가기 귀찮아서 집에서 피우는 사람도 없진 않을 겁니다. 무릎 수술을 했다거나 허리 디스크 수술을 했다거나, 몇 걸음 걷는 게 정말 쉽지 않은 사람도 있을 거고요."

중희는 고개를 조금 끄덕였다.

"거기에 더해 꽤 높은 확률로, 저는 이런 사람들이 집구석에서 담배를 피운다고 생각해요."

"어떤 사람들이요?"

"밖에 나가서 피우면 욕먹는 사람들."

그게 누굴 것 같으냐는 듯 여자가 중희를 보았다.

"중고딩?"

더 말해보라는 듯 여자가 계속 중희를 보았다. 또 누가 있을까.

"여자들?"

그렇게 말한 뒤 중희는 자신의 말을 철회하듯 혼자 고개를 저었다.

"에이, 요새 누가 여자가 담배 피운다고 뭐라 해요. 시내 상가만 나가도 골목골목에서 여자들 다 당당하게 피웁니다."

여자는 고개를 끄덕였고, 이어 물었다.

"그럼 이 아파트 단지 안에서 담배 피우는 여자 본 적 있으세요?"

중희는 곰곰이 떠올려보았다. 이곳으로 이사 온 지 5년이 넘었지만 한 번도 본 적이 없었다. 정말 단 한 번도. 회사 근처에서도 퇴근길 지하철역 부근 번화가에서도 담배 피우는 여자들은 늘 볼 수 있었다. 하지만 아파트 단지 안에만 들어서면 무언가가 정확히 선별되어 소거된 듯 특정 장면들은 보이지 않았다.

"이 단지에 거주하는 여성 인구를 3천 명으로 잡아 봅시다. 그들 중에 흡연 인구가 정말 한 명도 없을까요? 단 한 명도 없어서 안 보이는 것일까요?"

여자가 점점 중희 쪽으로 몸을 기울이며 말했기 때문에 중희는 몸을 뒤로 뺐다.

"이건 무슨 향 담배예요?"

"이거랑 같은 향이 창문으로 들어왔나요?"

"그랬던 것 같은데……."

여자가 다시 분유통 쪽으로 몸을 세웠다.

"이 향 피우는 사람 거의 없었는데, 요샌 개나 소나 피우나 보네요."

"범인을 알게 되면 어떻게 해야 하죠?"

중희는 조언을 구하듯 여자한테 물었다.

"민원은 이미 넣을 만큼 넣어봤고요. 그냥 일대일로 해결 보고 싶은데요. 고양이처럼 몸을 부풀리면서

화를 내는 게 좋을까요? 괴로움을 호소하는 게 좋을까요?"

"많이 괴로우세요?"

"말도 마세요."

중희는 기다렸다는 듯 여자한테 털어놓았다.

"일단 숨을 제대로 못 쉬고요. 코가 뚫려도 입이랑 목이 마를 대로 말라서 찢어지는 느낌이에요. 한번 시작되면 한 달은 항생제 달고 살고요. 혹시 그런 느낌 아세요? 덩치 큰 남자한테 주먹으로 뺨싸대기 세게 맞은 느낌. 광대부터 턱관절까지 그냥 너무 고통스러워요. 아무것도 씹지 못해요, 얼굴이 아파서."

"그러다가 치통에 편두통까지 오잖아요."

"부비동염 환우도 아닌데 잘 아시네요."

"남편 만나기 전에 사귀던 사람이 부비동염이었어요."

"그거 때문에 헤어지셨어요?"

"설마요."

여자가 또 눈으로 웃었다.

"딩크시죠?"

여자가 확신하는 투로 물었다. 그런 티는 대체 어디서 나는 걸까 생각하며 중희는 그렇다고 말했다. 여자는 왠지 자녀가 있을 것 같았지만 굳이 묻진 않았다. 멀리 어느 창문에서인가 식기 달그락거리는 소리가 들려왔다. 차 시동 소리, 전자음 소리, 누군가가 누군가를 부르는 소리, 다시 식기 소리.

"통성명이나 할까요?"

여자가 불쑥 물었고, 중희는 반사적으로 딴 데를 보았다. 중희가 세상에서 제일 싫어하는 것이 통성명이었다. 여자가 범인도 아니니 음식물 쓰레기를 버려야 할 곳에 버리고 이제 그만 집으로 돌아가고 싶었다.

"저는 김규영이에요."

아무래도 중희는 이름을 말하지 않을 타이밍을 놓친 것 같았다. 여자가 마무리 인사를 하듯 말했기에 중희도 인사를 하지 않을 수 없었다.

"저는 송중희예요."

이름을 말할 때마다 늘 그랬듯 중희는 방어적으로 덧붙였다.

"송중기 배우랑 아무 사이 아니에요."

그런 뒤 중희는 때에 따라 말하기도 하고 말하지 않기도 하는 말을 했다.

"짐작되시겠지만, 어렸을 때 별명은 송충이였고요."

중희는 또 여자한테 뭔가를 실토해버린 기분이었다. 보통은 송충이 얘기까지 하고 나면 분위기가 화기애애해지곤 하는데 여자는 웃지 않았다. 잠시 침묵이 흐른 뒤, 파우치에 담배를 넣으며 여자가 말했다.

"그러니까 그쪽은 송중기 친척도 아니고 송충이도 아닌, 송중희 씨군요?"

그 말을 끝으로 여자는 파우치를 나무 틈새 어딘가에 끼워 넣었는데 너무도 빠르고 정확한 동작이라 그 행위를 위해 매일 수련해온 사람처럼 느껴질 정도였다.

이제는 돌아가야 할 시간이라는 듯 여자는 중희를 한번 보았고, 곧이어 비밀 흡연실에서 홀연히 사라졌다. 뭐라 표현하기 어려운 이상한 향을 남긴 채.

　돌아올 때 중희는 단지 안에서 길을 헤맸다. 냄새만 쫓아서 걷느라 어느 방향으로 얼마나 걸었는지 가늠을 안 해둔 탓인 듯했다. 그새 시간은 저녁에서 밤이 되어 사방에 어둠이 내려와 있었다. 음식물 쓰레기봉투를 들고 터벅터벅 걷다가 중희는 어떤 불빛들을 보았다. 동과 동 사이의 뜰과 나무들 사이로 반딧불 같은 빛들이 간간이 떠 있었다. 중희는 불빛들 쪽으로 걸어갔다. 가까이 걸어가며 보니 그것은 반딧불이 아니라 누군가의 휴대폰 불빛이었다. 한 남자가 산책로 나무 기둥에 기대서서 휴대폰을 보며 담배를 피우고 있었다. 중희는 조금 더 걸었다. 어느 동 벽에 기대서서 역시 담배를 피우고 있는 남자가 보였다. 중희는 더 걸어갔다. 하루 일과를 마친 누군가의 남편들, 누군가의 아빠들이 휴대폰 불빛을 벗 삼아 담배 한 대만큼의 짧은 휴식을 취하고 있었다. 그것은 중희가 보기에도 전혀 이질적이지 않은, 어느 평범한 저녁의 일상적이고 자연스러운 풍경이었다. 중희는 꽤 높은 확률로, 저 중에는 범인이 없으리라는 것을 수긍했다.

동 앞까지 도착해 중희는 무사히 음식물 쓰레기를 버렸다. 집으로 들어가기 전 건물 입구에 서서 중희는 자신이 방금 다녀온 곳 쪽을 바라보았다. 아무런 냄새 없이 한낮에 다시 찾아가라고 하면 중희는 분유통 하나가 놓여 있던 그곳을 찾지 못할 것 같았다.

김청자가 아닌 사람

어느 날 나는 뒷산에 갔다가 기다란 빨대를 갖고 다니는 여자를 보았다. 얼마나 긴지 빨대라기보다는 호스나 관이라고 하는 게 더 맞을 것 같았지만 나는 보자마자 그것이 빨대라고 생각했다. 줄바늘 같다고 생각할 수도 있었고 링거 관 같다고 볼 수도 있었는데 말이다. 그렇다고 처음부터 여자가 그걸로 무언가를 빨아 먹는 걸 본 건 아니다. 여자는 한 손에 빨대를 말아 쥐고 갑자기 산에 나타났고, 등산로 어귀를 걸어 다닐 뿐이었다.

처음 본 순간부터 나는 여자를 주목했다. 여자는 육십대보다는 늙어 보였고 팔십대보다는 젊어 보였다.

그러니까 한 칠십대. 초반인지 중반인지 특정하기 쉽지 않았지만 어쨌든 나는 그 연령대로 짐작되는 여자들에게 특별한 관심이 있었다.

하지만 단지 그 이유 때문에 여자를 따라다녔던 것은 아니다. 빨대가 내 관심을 끌긴 했지만 그것 때문만도 아니었다. 지금 와서 굳이 이유를 찾아보자면 이런 걸 꼽아볼 수는 있을 것 같다. 그곳은 경기도 형주시에 있는 평범한 동네 뒷산이었고 아침 시간대에 산에서 만나게 되는 사람들이란 다 비슷비슷했다. 하지만 빨대를 물아 쥐고 나타난 여자는 뒷산에서 처음 보는 여자였다. 그리고 그 여자를 처음 본 날 아침 나는 공교롭게도 경기북부경찰청에서 발송된 실종경보문자를 받았다.

형주시에서 배회 중인 김청자 씨(여, 73세)를 찾습니다. 156cm, 45kg, 검정 패딩, 회색 하의, 검정 신발.

빨대를 든 여자는 검정 패딩에 회색 하의, 검정 신

발을 신고 있었다. 나이와 체격도 얼추 들어맞았다. 하지만 검정 패딩과 회색 바지와 검정 신발은 나 또한 신고 있었고 비슷한 체격의 칠십대 여자들은 형주시에 수두룩했다. 여자에게는 배회한다고 보기에는 애매한 어떤 활기가 있었다. 그렇다고 운동 삼아 산에 온 것 같지도 않았다.

다음 날 아침 여자는 다시 산에 나타났다. 때마침 경찰청에서는 또 문자를 보내왔다.

형주시에서 최종 목격된 김청자 씨(여, 73세)를 찾습니다.
156cm, 45kg, 검정 패딩, 회색 하의, 검정 신발.

아무래도 나는 여자한테서 눈을 떼기가 힘들었다. 여자는 어제와 똑같은 복장으로 빨대를 말아 쥐고 있었다. 여자의 등장만 빼면 뒷산은 여느 때와 다르지 않았다. 약수통을 들고 올라오는 사람. 맨손체조를 하는 사람. 운동기구 위에 올라가 어깨를 돌리는 사람. 등산로로 걸어 올라가는 사람.

생각할수록 이상했다. 저들은 경찰청으로부터 문자를 받지 못했단 말인가? 어떻게 저렇게들 태평할 수가 있단 말인가. 빨대를 들고 다니는 저 여자를 경찰청에 신고해야 할지도 모를 가능성에 대해 아무 생각이 안 든단 말인가? 저 여자가 김청자인지 아닌지 확인해야 마음이 편한 사람이 나뿐이란 말인가?

나는 더 기다리지 못하고 빨대를 들고 있는 여자한테 다가갔다.

"저 혹시……."

나무줄기를 두드려보고 있던 여자가 나를 돌아보았다. 나는 여자에게 물었다. "설마 김청자 씨는 아니시죠?"라고.

"나는 구씨라오."

그렇게 말하고 여자는 다시 나무에 집중했다. 안도감과 아쉬움이 동시에 밀려와 나는 잠시 어쩔 줄 모르고 서 있었다. 무슨 말이라도 해야 할 것 같아 나는 여자가 말아 쥐고 있는 걸 가리켰다.

"빨대가 참 특이하네요."

여자는 내가 그걸 빨대라고 지칭했다는 것에 조금 놀란 표정을 짓더니 다른 나무를 향해 걸어갔다. 여자는 계속해서 나무줄기들을 두드려보면서 등산로를 타고 천천히 이동했다. 산을 걷고 있는 여자의 모습은 어느 한 곳 구부정한 데라곤 없었다. 경추와 요추는 꼿꼿했고 몸의 주요 관절들도 무리 없이 작동하는 것 같았다. 심폐기능도 나쁘지 않아 보였다. 적어도 나보다는 좋아 보였다.

내가 계속 따라오는지 슬쩍슬쩍 살피면서도 여자는 왜 따라오느냐고 묻진 않았다. 나는 숨을 조금 헉헉대고 있었지만 꽤 걸을 만하다고 생각하며 산길을 걸어갔다. 기슭으로 간간이 눈이 보이는데도 코끝과 살갗으로 다른 계절이 오는 기미가 느껴졌다. 날은 분명 겨울인데 바야흐로 그 겨울이 끝나고 있다는 걸 온 산이 알려준다는 느낌. 잠시 후에 알게 되는 것이지만 여자의 말에 따르면 1년 중 나무 상태가 최고인 건 바로 이맘때였다.

오솔길 같은 산길을 좀 더 걸어 올라가던 여자는 마음에 드는 나무를 찾았는지 한 나무 밑에 자리를 잡았다. 등산로 기슭에 있을 법한 평평한 바위를 거느린 나무였다. 어딘지 모르게 양지바르다는 느낌을 주는 곳이었다.

"꿈자리가 뒤숭숭하오?"

뒤따라온 내가 바위 한쪽에 걸터앉자 여자가 물었다. 나는 고개를 저었다.

"꿈자리는 괜찮은데요, 근데 한 가지."

"……."

"잠잘 때 제가 이를 악물고 자는 버릇이 있어요. 아침에 일어나면 머리도 뻐근하고 두통도 있고, 심지어 턱관절도 변하는 것 같아요."

나는 여자 쪽으로 얼굴을 약간 내밀었다.

"턱 보톡스도 맞아봤거든요? 근데 소용이 없어요."

여자한테 털어놓고 나니 여러 상념이 찾아와 나는 잠시 먼 산을 보았다. 며칠 밤을 이를 악물고 자야 턱관절이 변하는 것인지 이제는 어림도 되지 않았다. 일천구백스무아흐레 밤? 십만사천오백나흘 밤?

먼 산에서 새 몇 마리가 날아올랐다. 맞은편 능선 어딘가에서 이쪽으로 조명을 쏘는 듯 빛줄기 하나가 이마로 따끔하게 내려앉았다. 아주 잠깐이었다. 그렇게 잠깐 한눈을 팔았을 뿐인데 돌아보니 여자가 일을 벌이고 있었다.

"어르신, 지금 뭐 하시는 거예요?"

어느 결에 나무에 구멍을 뚫었는지 모를 일이었다. 여자는 이미 빨대를 나무줄기에 연결한 뒤였다. 잘 고정시키려고 연결 부위에 고무 유출기까지 부착해놓은 상태였다. 그 광경을 본 순간 내 머릿속엔 대번에 이런 단어들이 스쳐 지나갔다. 고로쇠. 수액. 불법 채취. 엄중 단속.

나는 다급하게 목소리를 낮추며 말했다.

"어르신, 허가는 받으셨어요? 이러다 큰일 나세요."

여자가 하던 일을 멈추고 나를 보았다.

여자가 물었다.

"나를 신고할 생각이오?"

"네?"

다시 한번 묻겠다는 듯 여자가 내 얼굴을 뚫어지게 보았다. 70년 넘게 살아온 사람의 얼굴이 눈앞에서 나를 보고 있었다. 나 또한 맞받아치듯 그 얼굴을 뚫어지게 보았다. 흡사 눈싸움이라도 하는 기세였지만 애초에 나는 이런 기싸움엔 소질이 없는 편이었다. 나는 곧 한 발 물러섰고, 기어들어가는 목소리로 대답했다.

"김청자 씨 아니라면서요."

여자는 그제야 표정을 풀며 고개를 끄덕였다.

"그렇소. 나는 구씨라오."

여자는 배낭에서 모포를 꺼내더니 바위 위에 깔았다. 그러고는 그 위에 반듯하게 누웠다. 여자는 나무에 연결된 빨대의 한쪽 끝을 입에 물었고, 누운 자세 그대로 움직이지 않았다.

    땅속의 양분을 양껏 머금은 나무가 여자에게로 수액을 흘려보내기 시작했다. 한 방울, 두 방울, 세 방울, 네 방울……. 시간이 다른 속도로 흘러갔다. 여자한테선 숨소리조차 나지 않았다. 수액을 넘기느라 목울대를 규칙적으로 움직이지 않았다면 죽은 사람으로 보일 정도였다. 여자와 여자를 둘러싼 모든 것이 고요했다. 그 산속에서 불안한 것은 나뿐인 것 같았다. 사람들한테 이 현장을 들킬까 봐 불안했고 여자가 이대로 영영 딴 곳으로, 어딘지는 알 수 없지만 어쨌든 딴 데로, 나무뿌리가 뚫어가고 있는 다른 세계로 빨려 들어갈 것 같아 불안했다.

    나는 여자가 아직 거기 있는지 확인하기 위해 물었다.

    "맛있나요?"

    여자는 답했다.

"꿀맛이오."

그게 내가 여자한테 들은 마지막 말이었다.

여자는 그 후로 열흘 정도를 더 산에 나타났고 하루 중 해가 가장 잘 드는 몇 시간 동안 나무 옆에 누워 수액을 빨아 먹고 갔다. 그 열흘 동안 하루에 한 번씩, 나는 의식을 행하듯 여자에게 물었다. 맛있나요? 여자는 한 번도 거르지 않고 답해주었다. 꿀맛이오.

여자가 더 이상 산에 나타나지 않은 건 기슭의 눈들이 모두 사라지고 코끝이 간질간질해지기 시작하던 무렵이었다. 수액을 맛볼 수 있는 게 1년 중 오직 이맘때, 짧디짧은 한철이라는 걸 떠올린 뒤 나는 안도감과 아쉬움을 동시에 느꼈다. 안도감은 내년 이맘때에 여자를 다시 볼 수 있을지도 모른다는 것 때문이었고, 아쉬움은 그러려면 지구가 태양을 한 바퀴 다 돌 때까지 한참을 기다려야 한다는 것 때문이었다. 이유 모를 허탈감이 안도감과 아쉬움을 쓸어버린 건 경찰청에서 다시 문자를 보내왔을 때였다.

시민 여러분의 관심으로 경찰은 김청자 씨를 무사히 돌려보냈습니다. 감사합니다.

보면 볼수록 애매모호한 문장이었다. 돌아간 것도 아니고 돌려보냈다니 어디로 돌려보냈다는 것인지, 제보면 제보지 관심은 또 무슨 뜻인지 종잡을 수가 없었다. 휴대폰을 주머니에 집어넣고 나는 무작정 등산로로 걸어 올라갔다. 여자가 누워 있던 자리를 두 눈으로 다시 봐야겠다는 생각이었다. 여자가 돌아올 때까지 낮잠이라도 자면서 그 자리를 지켜야겠단 생각이었는지도 모른다. 그러나 몇 번을 그 오솔길을 타고 그 능선을 찾아가도 평평한 바위를 거느린 그 나무를 찾을 수가 없었다. 그리 멀지 않은 곳이었는데도 보이지가 않았다. 급기야는 이 길이 저 길 같고 저 나무가 이 나무 같아 산 한중간에 한참을 서 있을 수밖에 없었다. 등줄기로 땀이 돋아나 패딩을 벗어 들고 보니 이제 산은 누가 뭐라고 해도 겨울이 아니었다. 붙잡을 수가 없었다.

    나는 자리에 선 채 가만히 눈을 감아보았다. 오리무중인 채로도 선명히 떠오르는 것은 하나, 그곳이 양지바른 곳이었단 느낌이었다. 왠지 내 이마만은 그것을 기억하고 있는 듯해 나는 신호를 찾듯 고개를 젖히고 숨을 들이쉬었다. 그러곤 다시 산길을 걸어 올라갔다.

이상한 이야기

　한 달 전이었다. 지금도 겨울이지만 한 달 전 역시 겨울이었다. 그날 나는 퇴근길에 어떤 여자의 만두를 훔쳐 먹었다. 그리고 한 달 내내 그 일을 잊지 못했다. A4 용지 두 장 분량으로 그 일에 대해 쓰기까지 했다.
　사람들이 집으로 돌아가기도 하고 저녁 약속을 잡기도 하는 시간이었다. 나는 지하철역에서 나와 컴컴한 역 광장을 가로질렀다. 예보도 없이 싸락눈이 내렸다. 정말이지 추운 날이었다. 손을 주머니 밖으로 꺼낼 수조차 없었다. 어깨를 움츠리지 않을 수가 없었다. 집으로 바로 갈 수도 있었다. 밥때였으므로 식당에 갈 수도 있었다. 하지만 나는 현금인출기 부스 안으로 들어갔다.

다섯 대의 현금인출기가 나란히 서 있는 곳이었다. 3번 출구 앞 광장 건너, 영프라자 건물 1층, 국민은행 현금인출기 부스. 만두는 거기에 놓여 있었다. 왼쪽에서 두 번째 현금인출기 위에.

아직도 또렷이 기억난다. 방금 쪄서 방금 포장한 게 분명했던 냄새와 열기가. 거기 든 게 만두라는 걸 확신했을 때의 슬픔이. 그날 저녁의 허기가.

만두를 발견하고 나는 어떻게 했던가. 지갑을 닫고 조용히 물러나와 부스 구석의 영수증 파쇄기 옆에 섰다. 그러곤 계속 만두를 쳐다봤다. 거의 30분 동안, 나는 기다렸다. 만두를 두고 간 사람이 나타나기를. 혹은 나타나지 않기를.

모든 건 CCTV에 찍혀 있을 것이다. 현금인출기 부스 안에는 CCTV가 있기 마련이니까. 앞서 말했지만 나는 A4 용지에 그날 일을 이미 한번 썼다. 그런데도 다시 그날 얘기를 하지 않을 수가 없다. 그날 CCTV에 찍힌 내 모습이 어땠을지 생각하면, 지금도 마음이 힘들다. 내겐 나를 가려줄 어떤 장치도 소품도 없었다. 현금인출기 부스 CCTV에 등장하는 사람들이 쓰곤 하는 모자나 마스크, 이런 것들을 갖고 있지 않았다. 머플러도 없었고 갑작스런 한파를 막아줄 패딩도 없었다. 나는 앙상한 모직 코트만을 걸치고 있었고, 글루텐이 부족했다. 거의 2년 동안이나 글루텐을 조금도 섭취하지 못했다. 사는 낙이 전혀 없는 얼굴로, 싸락눈을 맞아 머리카락이 축축하게 들러붙은 채, 파쇄기 옆에 나는 서 있다. 만두만을 바라보면서. 그렇게 서서 깨닫는 것이다. 내가 가장 좋아하는 음식이 만두였음을. 그 분명한 사실을 잊고 있었다는 것에 억울해하면서, 어이없어하면서, 마침내 만두 앞으로 다가서는 것이다.

    그날 얘기를 좀 더 이어가보자면 이렇다. 결국은 만두 주인이 나타났다. 타이밍이 절묘했다. 30분을 기다린 내가 드디어 만두 봉지를 집어 들고 뒤를 돌았을 때, 어떤 여자가 막 문을 밀고 들어왔다. 여자는 뛰어왔는지 숨을 몰아쉬었고, 점퍼 모자를 올려 쓰고 있었다. 모자 위엔 싸락눈이 좁쌀처럼 쌓여 있었다.

점퍼 모자를 쓴 여자는 내가 들고 있는 만두 봉지를 쳐다본 뒤 내 얼굴을 똑바로 보면서, 분명하게 나를 보면서, 자기가 이곳에 만두를 두고 갔다는 말을 두 번 반복했다. 마치 나한테 만두를 맡겨놓기라도 한 것처럼. 나는 영문을 모르겠다는 표정을 지었고, 잡아뗐다. 그런데요? 이런 식으로 말했을 것이다.

그때 내가 왜 그랬는지 모르겠다. 왜 잡아뗐는지 모르겠다. 분명한 건 한번 잡아떼자 되돌아갈 수가 없었다는 것이다. 만두는 간발의 차로 내 손안에 들어왔고, 여자는 나를 의심하고 있었고, 나는 기분이 나빴다. 내가 들고 있는 게 자기 만두라고 확신하는 여자의 태도가 생각할수록 불쾌했다. 들키지 않으려고 노력했지만 사실 나는 당황하고 있었다. 그 와중에도 봉지 안에서 만두의 온기가 올라와 내 손을 감싸 쥐었던 것이다. 자칫하면 눈물이 날 수도 있었다.

그때쯤에 나는 그 봉지가 해성만두 봉지라는 것을 인지하고 있었다. 내 오랜 단골집. 아는 사람들만 아는 숨은 맛집. 2년 전까지만 해도 일주일에 서너 번은 들르던 곳. 퇴근을 하고 지하철에서 내리면 나는 마을버스를 바로 타지 않고 역 광장을 가로질러 영프라자 옆 골목으로 들어갔다. 해성만두를 먹기 위해서.

좁은 가게였다. 벽을 보고 앉을 수 있는 1인석이 세 개였다. 대개 포장을 해 갔지만 빈자리가 있으면 앉아서 먹고 오기도 했다. 해성만두 벽에는 포스트잇이 하나 붙어 있었는데 거기엔 와이파이 아이디와 비밀번호가 적혀 있었다. 나는 아직도 해성만두의 와이파이 비밀번호를 기억하고 있다. 0000000gotjd. 처음 시작되는 0에서 끝나는 0까지 연필로 포물선이 그려져 있고 그 위에 7이라는 숫자가 쓰여 있었다. 어쩌면 그래서 내가 해성만두의 단골이 되었는지도 모르겠다. 0이 몇 개인지 헷갈릴 손님들을 위해 0이 일곱 개라고 써놓는 주인. 그런 주인이 빚은 만두가 어떻게 안 맛있을 수가 있을까. 안 따뜻할 수가 있을까.

　진원 씨와 만날 때, 우리는 종종 해성만두에 갔다. 진원 씨는 나만큼 해성만두를 좋아하진 않았지만 나한테 놀러 올 때 해성만두에 들러 만두를 포장해다 주곤 했다. 진원 씨와 만나는 동안 나는 진원 씨한테 일곱 차례에 걸쳐 총 560만 원을 빌렸고 그중 480만 원을 갚았다. 남은 80만 원을 아직 갚지 못했을 때 우리는 헤어졌다. 헤어지고 얼마 뒤, 나는 진원 씨가 꼭 보고 싶어서라기보다는 80만 원을 안 갚은 게 걸려서 몇 번 톡을 보냈지만, 전부 씹혔다.

　나는 내 안에 있는 어떤 '독' 때문에 진원 씨가 떠났다고 생각했다. 그런다고 진원 씨가 돌아오리라는 보장은 없었지만 나는 나를 완전히 갈아엎고 싶었다. 그래서 한 월간지에서 주관하는 해독단식캠프에 참여했다. 거기서 어떤 강사한테 '글루텐 프리'만이 우리를 정화시켜줄 거란 말을 들었다. 나는 깊이 공감했다. 만두를 포함한 밀가루 음식을 모두 끊었다. 내 안의 독을 없애기 위해서.

그리고 어떻게 되었나. 그렇게 2년을 보내고 어떻게 되었나. CCTV가 내려다보고 있는 곳에서, 모르는 여자와 만두를 두고 대치하게 되었다.

"봉지 안 좀 봐도 돼요?"

점퍼 모자를 쓴 여자가 말했고,

"왜 그래야 되죠?"

나는 받아쳤다.

이 대사도 A4 용지에 썼지만 다시 한번 짚고 넘어갈 필요를 느낀다. 그 여자가 얼마나 만만치 않았는지를 설명하고 싶다. 여자가 나타나 나를 의심했을 때, 나는 말해주고 싶었다. 내가 얼마나 오래 기다려왔는지. 얼마나 오래 참아왔는지. 파쇄기 옆에 서서 만두를 쳐다보면서 나는 한편으론 만두를 두고 간 사람을 궁금해했었다. 이런 컴컴한 시간에 만두 1인분을 포장하는 사람이라면 같이 저녁을 먹을 수도 있지 않을까 상상했었다. 잃어버린 만두를 찾으러 추위를 뚫고 달려오는 사람이라면 일곱 개의 0에 대해 얘기를 나눌 수도 있지 않을까 생각했었다. 내가 만두 주인한테 정말로 하고 싶었던 말은 그런 것들이었다. 입에서는 다른 말이 나오고 말았지만.

"두고 가신 게 이 집 만두 맞아요?"

나는 해성만두 상호가 보이도록 앞으로 봉지를 들어 올렸다. 그러곤 점퍼 모자에게 말했다. 난 일주일에 서너 번은 여기에 들러 이걸 산다고. 오늘도 그랬을 뿐이라고. 마치 나 말고는 아무도 해성만두를 살 수 없다는 듯이. 점퍼 모자는 단도직입적이었다. 자기는 오늘 거기에 처음 갔다고 했다. 그래서 계산할 때 만둣집 명함을 봉지 안에 넣었다고 했다. 그러니 봉지 안에 명함이 있는지만 보겠다는 것이었다.

싸락눈은 점점 세차게 내리고 있었다. 현금인출기 부스 문을 열고 들어올 때마다 사람들은 개처럼 눈을 털었다. 돈을 뽑고 나서는 점퍼 모자와 나를 구경했다. 어쩌면 휴대폰으로 찍고 있었는지도 모른다. 나는 물릴

수가 없었다. 되돌아갈 수가 없었다. 그래서 이렇게 말했다.

"속고만 사셨어요?"

이어서 말했다.

"CCTV 돌려 보시든가요."

다시 생각해도 어리석은 행동이었다. 트레이닝팬츠에 검은색 롱 패딩을 입고 있다는 것 말고, 나는 여자에 대해 아는 게 없었다. 모자 때문에 인상이 어떤지 눈빛이 어떤지도 잘 보이지 않았다. 나이도 가늠이 안 됐다. 그나마 몸집은 나와 비슷했다.

점퍼 모자는 말없이 내 얼굴을 빤히 쳐다보기만 했다. 1초가 1분처럼 느껴졌다. 내가 저 여자를 자극한 건가? 아닌가? 헷갈렸다. 저 여자는 이런 식의 뻔뻔한 태도를 그냥 못 넘기는 사람인가? 아니면 귀찮아서라도 그냥 넘어갈 사람인가? 짐작이 안 됐다. 저 여자가 살면서 무엇을 참아왔는지, 무엇을 기다려왔는지, 무엇에 빡치고 무엇에 눈물이 고이는지, 내가 만두를 들고 밖으로 나가면 따라올 사람인지, 욕이나 좀 하고 말 사람인지 예측이 안 됐다. 하지만 거기에 그러고 서 있는 것도 너무 힘이 들어서, 나는 만두를 든 채로 부스 문을 밀어젖히고는 밖으로 뛰쳐나와버렸다. 그러고는 뒤도 안 돌아보고 빠르게 걷기 시작했다.

   거리는 한파로 얼어붙었고 입을 뗄 수도 없을 만큼 추웠다. 얼굴로 싸락눈 알갱이가 달려들었다. 나는 만두를 품에 안은 채 최대한 걸음을 빨리했다. 부츠 굽이 너무 높게 느껴졌다. 배가 고파서 손이 떨렸다. 놀부부대찌개를 지나고 이디야커피를 지났다. 사람들은 태평하게 밥을 먹고 커피를 마시고 있었다. 김가네를 지나고 명가원설농탕을 지났다. 점퍼 모자가 나를 따라올 거라고는 생각하지 않았다. 마음을 좀 진정시키고 싶어서 뒤를 돌아봤을 뿐이었다. 그런데 점퍼 모자가 진짜로 나를 따라오고 있었다. 믿을 수가 없었다. 맥박이 몇 배로 뛰었다. 나는 내가 여자를 자극했음을 깨달았다.

   걸음을 좀 더 빨리하면서 나는 현금인출기 부스에

서 내가 했던 말들을 복기했다. 어떤 말이 여자를 자극한 건지 생각하고 생각하다, 여자가 속고만 살아온 사람이라는 결론을 내렸다.

점퍼 모자를 올려 쓰고 나를 쫓아오는 저 여자는 속고만 살아왔다. 속고만 살아왔기 때문에 더 이상은 속을 수가 없는 것이다. 더 속으면 살 수가 없는 것이다. 이제 만두가 문제가 아니었다. 불난 집에 부채질을 한 이상, 나는 집으로 무사히 돌아가지 못할 수도 있었다. 절도죄로 고소를 당할 수도 있었다. 그보다 더 최악의 상황이 펼쳐질 수도 있었다. 자고 일어나면 나는 '만두녀'가 돼 있을 수도 있었다.

여자는 알고 있을 것이다. 내가 무엇에 취약하고 무엇에 타격을 받는지. 무엇을 꺼려하는지. 산 채로 찢기는 게 얼마나 가능한지. 여자가 그걸 알 거라는 사실이 나를 더 두렵게 했다. 이대로 내처 집까지 가면 여자는 내 거주지도 알게 되리라. 나는 여자를 화나게 하고 싶지 않았다. 미안한 마음도 있었다. 아픈 곳을 찔러서

미안했고, 너무 아프게 찌른 걸까 봐 무서웠다. 할 수만 있다면 만두 봉지에 손을 뻗기 전으로 시간을 되돌리고 싶었다. 저 멀리 약국 불빛이 보였을 때 나는 결심했다. 저 앞에 도착하면 멈추기로. 여자한테 만두를 돌려주고 사실대로 말하기로.

하지만 나는 약국을 그냥 지났고 주유소도 지났고 편의점도 지났고……. 내가 걸음을 멈춘 건 편의점 옆 파리바게뜨 건물 앞에서였다. 휴대폰 안에서 믿을 수 없는 일이 일어나고 있었다. 나는 손에 쥐고 있던 휴대폰을 눈앞으로 천천히 들어 올렸다. 다시 돌이켜봐도 그날은 여러 가지로 놀랍고 이상한 날이었다. 카카오톡 메시지가 하나 도착했는데, 진원 씨였다. 헤어지고 처음으로 진원 씨한테 메시지가 온 것이었다.

그렇게 고대하던 순간이 이런 때에, 그러니까 식은 만두를 품에 안고 어떤 여자한테 쫓기고 있을 때 찾아온 건 내게 행운이었을까 불운이었을까. 나는 뒤를 봤다. 저쪽 건널목에서 사람들 사이에 서 있는 점퍼 모자가 보였다. 신호가 바뀌면 점퍼 모자는 나를 바로 따라잡을 것이다. 진원 씨한테 답을 할 때까진 일단 점퍼 모자를 따돌려야 했다. 2년 만에 온 기회를 놓칠 순 없었다. 나는 빵집 담벼락 쪽으로 재빨리 몸을 숨겼다. 벽에 등을 붙이고 메시지창을 열었다.

—잘 지내?

눈물이 나올 것 같아서 나는 심호흡을 했다. 너무도 자주 그려보던 말이었는데 막상 어떻게 답을 해야 할지 몰라 손가락이 움직이지 않았다. 그러는 사이 두 번째 메시지가 왔고,

—저녁 먹었니?

그 말에 기어이 목이 메고 말았다.

나는 저녁을 못 먹었다. 저녁을 못 먹고, 쫓기고 있다.

문제는 나에게만 생긴 게 아닌 것 같았다. 진원 씨한테도 뭔가 일이 생긴 것 같았다. 그것도 급한 일이.

—당장 떠오르는 사람이 너밖에 없어서.

나는 이 상황도 자주 상상했다. 진원 씨가 어려운 일이 생겨서 나한테 도움을 청하는 상황. 나한테 완전히 질려서 떠났기 때문에 진원 씨가 용건 없이 연락할 가능성은 희박했다. 나도 그 정도는 알고 있었다. 진원 씨가 연락을 해 온다면 그건 정말로 급한 도움이 필요한 때일 거라고 생각해왔다. 진원 씨는 나한테 그래도 됐다. 나는 답을 보냈다.

―내가 도울 일이 있으면 뭐든 말해, 진원 씨.

이어서 이렇게 보냈다.

―난 진원 씨한테 빚이 있잖아.

그 말을 하고 나니 다시 목이 메었다. 그 말에 담긴 내 마음을 진원 씨는 알까? 비유이기도 하고 비유가 아니기도 한 그 복잡한 마음을 진원 씨는 알까?

―지금 바로 시간 좀 돼?

진원 씨가 물었다. 물론 된다. 진원 씨는 지금 휴대폰 액정이 깨져서 수리를 맡긴 상태라고 했다. 컴퓨터로 접속해 메시지를 보내고 있었다. 급히 필요한 건 구글 기프트 카드 네 장이었다. 20만 원권 네 장.

이제 내겐 만두보다 더 급박한 일이 생겼다. 점퍼 모자와 마주치기 전에 카드를 사서 코드 번호를 진원 씨한테 전송해주어야 했다. 나는 빵집 담벼락에서 고개를 돌려 길을 살폈다. 점퍼 모자가 주유소를 지나 편의점 쪽으로 걸어오고 있었다. 나는 가방으로 얼굴을 가리고 편의점 출입문을 향해 뛰어갔다.

그러니까 내가 편의점으로 들어간 건 구글 기프트 카드를 사기 위해서였다. 현금으로만 구입 가능하다고 해서 편의점 현금인출기로 가 80만 원을 인출했다. 그리고 무슨 일이 일어났던가. 점퍼 모자가 나를 발견했고, 편의점 안으로 들어왔다. 내가 서 있는 현금인출기 앞으로 걸어왔다. 그 장면은 마치 슬로모션처럼 남아 있다. 올려 쓴 점퍼 모자를 젖히면서, 얼굴을 드러내면서, 점퍼 모자가 나한테로 곧장 걸어오는 것이다. 왼쪽 품에 만두 봉지를, 오른쪽 손에 현금 80만 원을 든 나한테로. 화난 얼굴이 아니었다. 벼른 얼굴도 아니었다. 점퍼 모자는 전혀 절박해 보이지 않았다. 군이 말하자면 좀 짜증 난 얼굴에 가까웠다. 저 여자가 왜 저렇게까지 집요한 건지 이해할 수가 없었다. 나는 점퍼 모자와 말을 섞을 시간이 없었다. 진원 씨가 나를 기다리고 있었다. 휴대폰 액정이 깨져서 전화도 못 한 채 내가 코드 번호를 찍어 보내주기만을 기다리고 있었다.

"봉지 안을 보여달라는 말은 더 하지 않을게요."

점퍼 모자가 말했다. 대신 어떤 만두를 샀는지만 말해달라고 했다. 자신이 산 만두와 다르면 깨끗이 물러나겠다는 것이었다.

나는 그때 다시 한번 이렇게 말했어야 했다. 내가 왜 그래야 하죠? 하지만 나는 점퍼 모자한테 말려들었다. 여자의 말을 듣는 즉시 머리를 분주히 굴리기 시작한 것이다. 봉지에 든 게 어떤 만두인지 맞히기 위해서. 여자를 빨리 떨어내고 진원 씨한테 도움을 주기 위해서.

나는 머릿속으로 해성만두의 실내 풍경을 하나씩 불러냈다. 여전히 선명했다. 한쪽 벽면엔 기다란 일자 테이블. 테이블 윗벽엔 노란색 포스트잇. 그 안에는 여섯 개도 여덟 개도 아닌 일곱 개의 0이 있다. 그 포스트잇에서 고개를 들면 완도희망체로 메뉴를 적어놓은 벽걸이 나무판이 보였다. 2년이나 가지 않았지만 착오 없이 불러낼 수 있었다.

고기교자만두. 해물만두. 빙화군만두. 왕자군만두.

메뉴는 그렇게 네 개였다. 고기교자만두는 매운맛과 순한맛이 있었는데 매운맛은 만두소의 색깔이 붉은 탓에 얼핏 김치만두처럼 보였지만, 고기만두였다. 고기의 부드러운 육즙과 야채의 아삭한 식감, 씹을 때마다 은은히 감돌던 생강 향을 어떻게 잊을 수 있을까. 그게 내 품 안에, 지금 내 품 안에 있었다.

현금인출기 부스에서 만두를 발견했을 때에도, 만두를 안고 달릴 때에도, 만두를 돌려주기로 마음먹었을 때에도 나는 거기에 든 게 고기교자만두—매운맛—임을 단 한 번도 의심하지 않았다. 어떻게 아닐 수가 있을까.

하지만 아니라면.

점퍼 모자가 고기보다 해물을 좋아한다면. 찐만두보다 군만두 취향이라면. 나는 머리가 터질 것 같았다.

―바빠?

진원 씨한테 다시 톡이 왔다. 시간이 없었다. 이 상황에서 벗어나고만 싶었다. 나는 될 대로 되라는 마음이 되어 내뱉어버렸다. 나는 고기교자만두 매운맛만 먹는다고. 그러니 봉지에 든 건 당연히 고기교자만두라고.

내가 그 말을 했을 때의 여자 표정을 잊을 수가 없다. 뭐라 설명할 수 없이 미묘한 표정을 지었는데, 내가 맞게 말한 건지 틀리게 말한 건지 전혀 짐작할 수 없는 표정이었다. 여자의 머릿속을, 여자의 기분을, 조금도 알아챌 수가 없었다. 나는 급격한 불안을 느꼈다. 무력감의 구렁텅이 속으로 다시 빠져버린 느낌이었다.

그건 아주 익숙한 감각이었다. 어려서부터였을 것이다. 어디에 있든 나는 거기서 나를 싫어하는 사람이 누군지 귀신같이 알아챌 수 있었다. 집에서도 학교에서도 나는 늘 촉각을 곤두세우고 다녔다. 누가 나를 싫어하는지 알아내기 위해서. 알아내면 화가 났고, 알아내지 못하면 불안했다. 나는 사람들을 붙잡고 묻고 싶었다. 나 싫어해? 아님 나 좋아해? 말해줘. 제발 말해줘.

점퍼 모자는 말해주지 않았다. 힌트조차 주지 않았다. 들켜버린 건지 아닌지 알 수 없었기 때문에, 여자가 나를 어떻게 생각하는지 알 수 없었기 때문에, 나는 다음 행동을 개시할 수 없었다. 아무것도 할 수 없었다. 할 수 있는 게 아무것도 없었다. 나는 패배했고, 주도권은 여자한테로 완전히 넘어가버렸다.

나는 휴대폰을 힘주어 쥐었다. 진원 씨와도 이런 때가 있었다. 진원 씨가 나를 좋아하는지 싫어하는지 도무지 알 수 없던 기간. 모든 게 진원 씨한테 달려 있던 기간. 나는 진원 씨한테 매일 애원했다. 차라리 나를 싫어한다고 말해달라고, 매일매일 진원 씨를 괴롭혔다.

진원 씨.

나는 더 참지 못하고 휴대폰을 열었다. 메시지창으

로 들어갔고, 기적처럼 연락이 닿은 전 애인한테 해서는 안 되는 말을 해버리고 말았다.

―나 때문에 그렇게 힘들었니? 날 떠나서 얼마나 좋았어?

그 말을 하고 나니 눈물이 흘러내렸다.

다 망친 것이다. 나는 망쳐버렸다. 당신만 아니었다면 평정심을 유지할 수 있었다. 점퍼 모자 당신만 아니었다면. 나는 입술을 다문 채 편의점 계산대로 걸어갔고, 인출한 현금을 내밀었다.

"구글 기프트 카드 80만 원어치 주세요."

창밖에선 싸락눈이 느린 속도로 흩날리고 있었다. 나는 코트를 여미고 편의점 밖으로 나왔다. 바람이 초저녁보다 매서웠다.

"구글 기프트 카드는 왜 산 거예요?"

점퍼 모자가 따라 나오며 물었다. 나는 대답을 안 하고 집 방향으로 걸었다.

"잘 아는 사람한테 카톡 왔죠? 프로필 사진도 이름

도 완전 똑같죠? 휴대폰은 수리 맡겼을 거고."

"하고 싶은 말이 뭐예요?"

나는 속고만 산 여자한테 물었다. 사거리 건널목 앞이었다. 사람들이 도로 연석을 밟고 서서 신호등을 쳐다보고 있었다. 만두도 구글 기프트 카드도 아직 내게 있었다. 한참을 서 있다 점퍼 모자가 허공을 보며 말했다.

"이건 누가 봐도, 피싱이잖아요."

"……."

"설마 모르는 거예요?"

"진원 씨는 그런 사람 아니에요."

점퍼 모자가 피식 웃었다.

여자가 어떤 말을 해도 좋았다. 진원 씨를 욕해도 좋았다. 사실 나는 누가 진원 씨를 좀 욕해줬으면 싶었다. 여자 말대로 이게 정말 피싱 전화라면 차라리 어느 카페로 같이 들어가 진원 씨가 어쩌다가 2년 만에 피싱 사기범이 되었는지 얘기를 나누는 것도 좋은 방법이었

다. 아무리 힘들어도 왜 나한테 사기를 치는지. 진원 씨가 왜 그렇게 되었는지. 진원 씨가 왜 그러는지.

내가 듣고 싶지 않은 말은 하나밖에 없었다. 그 말만 아니라면 어떤 얘기도 괜찮았다. 그 말만 아니라면. 하지만 점퍼 모자는 나를 보았고, 만두에 대한 복수라도 하듯 내게 그 말을 했다.

"그 사람은 진원 씨가 아니에요."

신호가 바뀌고 사람들이 움직이기 시작했다. 다들 너무 멀쩡하게 두 발로 걷고 있었다. 나는 왜 이러는지 묻고 싶었다. 누구라도 붙잡고 묻고 싶었다.

나한테 왜 이래요? 나한테 왜 이러냐고. 나한테 왜 이러는데. 나한테 왜 이래 진짜!

점퍼 모자가 내 팔을 잡았다. 그녀는 너무 좋은 패딩을 입고 있었다. 갑옷 같은 롱 패딩을. 내겐 그런 게 없었다. 나는 점퍼 모자를 뿌리쳤고, 파란불이 3초 남은 횡단보도를 휘청거리며 걸어갔다. 싸락눈. 빨간불. 운전자 하나가 창문을 내리고 나한테 삿대질을 했다. 나는 그쪽으로 손등을 세우고 가운뎃손가락을 펴 올렸다. 한 번, 두 번, 세 번. 다 먹어라. 너 다 먹어. 남자가 약이 올라 미치려고 했다. 도로 한중간에 차를 두고 쫓아오지도 못할 거면서.

    나는 길을 마저 건너 익숙한 빌라 골목으로 들어갔다. 컴컴한 건물 출입문을 열어젖혔다. 계단을 한 칸 한 칸 걸어 오를 때마다 몸 안에서 맹렬한 감각이 고개를 쳐들었다. 영프라자 현금인출기 부스에서 날 깨웠던 그것. 한 달 뒤에도 어쩌면 그 후로도 내가 못 잊을 그것. 집 안에 들어서자마자 나는 외투도 벗지 않고 식탁으로 가 앉았다. 코트 품 안에서 만두를 꺼내 허겁지겁 포장 용기의 고무줄을 풀었다. 만두는 식어 있었고, 쏠려 있었지만, 알아볼 수 있었다. 그 안엔 코끝이 아릴 정도로 매운 고기교자만두 여덟 개가 들어 있었다. 나는 하나를 집어 입에 넣었다. 단무지도 나무젓가락도 간장도 필요 없었다. 또 하나를 집어 입에 넣었다. 다 씹기 전에 하나를 더 넣었다. 미어지도록 또 하나를 넣었다. 또 하

나. 또 하나.

나는 앉은자리에서 만두를 남김없이 먹어치웠고, 그 순간의 포만감과 슬픔을 생생히 간직했다.

어떤 드라마

    어느 날 나는 모르는 사람한테서 걸려 온 전화를 받았다. 모르는 번호인데도 전화를 받은 건 번호 끝자리가 이상하게 낯설지 않아서였다. 왠지 모르게 눈에 익은 듯한 숫자 조합을 봤을 때 나는 조금 설레기까지 했다. 머릿속으로 여러 그림이 그려졌다. 옛날에 나를 알던 누군가가 문득 내 생각을 한다, 충동적으로 전화를 걸어 온다, 사는 게 어떠냐고 묻는다. 나는 언제나 그런 가능성에 대비하며 지내왔다.
    여보세요, 하고 전화를 받았을 때 저쪽에선 아무 말이 없었다. 나는 몇몇 후보를 떠올려보았다. 어느 날 갑자기 나를 손절해버린 고등학교 때 친구. 아무런 전조 증상도 없이 나를 차단해버린 전 애인. 그들은 내가 집행유예를 받기도 전에 나를 떠나버렸다.

형을 받은 뒤 나는 이전 삶을 반성하기 위해 휴대폰을 초기화했다. 연락처가 다 사라져버리자 연락처에 저장돼 있던 사람들이 끝도 없이 생각났다. 영문 모르게 나를 떠나버린 사람들. 그들은 내가 싫어서 떠난 걸까? 하지만 나는 한 번도 그들을 싫어해본 적이 없었다.

전화는 다음 날 같은 시간대에 또 걸려 왔다. 내가 좋아하는 시간대였다. 어렸을 때 엄마가 저녁 설거지를 끝내고 나면 늘 이 시간이 되곤 했다. 일일드라마가 시작되기 5분 전.

전화를 건 사람은 이번에도 말이 없었다. 내가 먼저 물을 수밖에 없었다.

"너 윤정이니?"

"……."

"너 진태야?"

"……."

"너 진태지."

"……."

"씹새끼야, 전화를 했으면 말을 해."

잠시 전화기 저쪽에서 소란스러운 소리가 들렸고 뒤이어 누군가 사과를 해 왔다. 당황한 듯한 중년 여자의 목소리였다. 여자는 자신의 엄마가 정신이 온전치 못한 상태이며 자꾸 어딘가로 전화를 건다고, 죄송하다고 했다.

"이 번호 차단해놓으셔도 돼요."

전화는 황급히 끊어졌다. 그러니까 내게 전화를 걸어 온 사람은 내 전 친구도 아니고 전 애인도 아니고 어디 사는 누구인지 전혀 알 수 없는 어떤 노인이라는 말이었다.

지난 몇 달간 내가 통화한 사람이라곤 준법지원센터의 내 담당자밖에 없었다. 나는 사회봉사명령을 성실하게 수행하고 있었지만 그는 내게 언제나 불친절했다.

정말이지 언제나, 한결같이 나를 싫어했다. 나는 친구도 없었고 애인도 없었다. 나는 노인의 전화를 굳이 차단하지 않았다.

전화를 걸기만 하고 아무 말도 안 하던 노인이 처음으로 말을 한 건 일주일쯤 지난 뒤였다. 첫마디에서 노인은 내게 만나자고 말했다. 비밀 접선 장소를 알려주듯 긴장된 목소리로 노인은 우리가 만나야 할 공원의 이름과 벤치의 위치를 알려주었다. 내가 사는 곳에서 지하철로 40분이나 걸리는 곳이었다. 나는 노인의 전화를 장난 전화쯤으로 여기고 있었기 때문에 처음엔 노인을 만나러 나갈 생각이 없었다. 치매를 앓고 있다면 본인이 한 말 자체를 잊었을 수도 있었다. 하지만 만에 하나 정말로 나를 만나겠다고 공원으로 나온다면, 그 사이에 딸이 노인을 찾는다면, 그러는 사이 노인한테 무슨 일이라도 생긴다면, 문제가 복잡해질 수도 있었다. 준법지원센터 담당자가 나한테 지랄할 빌미를 줄 순 없었다. 나는 공원으로 나갔다.

"3076으로 전화한 분 맞으시죠?"

노인은 본인이 지목한 그 벤치에 정확히 앉아 있었다. 내가 번호를 말하자 눈가에 웃음을 띠었고 옆에 앉으라는 듯 손바닥으로 벤치를 두드렸다.

가을 머플러를 둘둘 말고 외투 속에 파묻히듯 앉아 있는 노인은 일일드라마에 단골로 출연해온 E 배우를 연상시켰다. E 배우는 내가 어렸을 때 이미 할머니였는데 20년이 지나도 계속 할머니였다. 나는 드라마에서 E 배우를 볼 때마다 노년이 저렇게나 길구나, 저토록 기나긴 게 노년이구나, 생각하곤 했다. 우리 집안엔 그 정도로 늙을 때까지 살아남은 여자가 없었다. 나는 나이가 아주 많은 사람들을 대하는 게 늘 어려웠다. 아픈 노인을 상대해본 적도 없었다.

노인 옆에 엉거주춤 앉았을 때 저만치 떨어진 대각선 쪽 벤치에서 한 여자가 목 인사를 해왔다. 곧이어 문자메시지가 왔다.

―죄송하고 감사해요. 잠깐만 있다 모시고 갈게요.

노인은 천만다행으로 보호자와 함께 나온 듯했다. 다시 문자가 왔다.

―다음엔 거절하셔도 돼요.

화법을 보니 지난번 통화했던 딸이 맞는 것 같았다. 얼굴을 보며 그 말을 들으니 '하셔도 된다'는 말은 '그렇게 해달라'는 뜻인 듯했다. 이 번호 차단해주세요. 만나자고 하면 거절해주세요.

"기철이가 무사히 골수이식을 받을 수 있을지 걱정이오."

벤치에 앉아 나무들을 바라보던 노인이 말했다. 가을이었고 오후였다. 나무 아래마다 은행잎이 소복이 내려앉아 있었다.

"씨 다른 형제인 줄도 모르고, 기철이가 영수랑 둘도 없는 친구가 된 거요. 기철이가 백혈병이 걸려 골수이식이 필요한데, 영수가 검사를 해보니 골수가 맞는 거라. 얼마나 다행이오."

나는 잠자코 노인의 말을 들었다.

"정란이가 욕심만 안 부렸어도. 지 아들 살리겠다고, 또 다른 아들인 줄도 모르고 영수를 억지 입양을 하고."

노인은 기철이와 영수와 그 둘을 낳은 정란이라는 여자에 대해 얘기를 이어갔다. 듣다 보니 그것은 내가 아는 이야기였다. 나는 기철이도 알았다. 기철이는 삼수 끝에 의대에 갔지만 모종의 의료사고를 목격하고 학업을 그만둔 뒤 호스트바에서 일을 하게 된다. 그러던 중 병에 걸리자 절친인 영수가 골수이식을 해주겠다고 나선 것이다.

나는 그때를 기억하고 있었다. 19년 전이었다. 노인이 말하고 있는 건 당시 KBS에서 방영됐던 일일드라마의 내용이었다. 드라마는 총 180부작으로 그해 5월에 방영을 시작해 다음 해 1월에 종영했다. 네 계절 동안 우리 집에선 저녁 8시 25분부터 9시까지 월, 화, 수, 목, 금, 매일 기철이와 영수와 정란이의 목소리가 들렸다.

"영수가 골수이식을 안 하겠다고 외치고 뛰쳐나가

던 날을 기억하시오?"

노인이 나한테로 고개를 돌리며 물었다. 기억했다. 그날은 영수가 출생의 비밀을 알던 날로 드라마가 자체 최고 시청률을 기록했다. 다음 날 학교에 가자 반 친구들이 모두 드라마 얘기를 했다.

"그날은 목요일이었다오."

그것 또한 기억했다. 영수가 골수이식을 철회한 날이 금요일만 되었어도 친구들이 지난저녁 얘길 하는 걸 안 들을 수 있었을 텐데. 학교에서 나는 분명 그런 생각을 했다. 그날 저녁 우리 집엔 강된장이 졸아드는 냄새가 자욱했다. 티브이에서 영수와 기철이와 정란이의 목소리가 들려오고 있었기 때문에 저녁을 다 먹고 엄마가 저녁 설거지까지 마친 뒤여야 했다. 하지만 그날은 강된장이 계속 졸아들었다. 나는 어린이였지만 냄새만으로도 알 수 있었다. 여기서 더 졸아들면 큰일 난다는 걸. 지금 바로 가스불을 꺼야 한다는 걸.

"그날을 잊을 수가 없다오."

노인이 말했다.

그날 저녁 우리 집 풍경 안엔 엄마와 아빠와 내가 있었다. 나는 티브이에 시선을 고정한 채 얼어붙은 듯 앉아 있다. 숨도 쉬지 못하고 앉아 있다. 강된장이 졸아드는 동안 엄마와 아빠 사이에 무엇이 오갔는지는 기억에 없었다. 내가 기억하는 것은 티브이 안에서 영수가 울분을 토하던 장면뿐이었다.

그날 그 시간을 곱씹는 것처럼 노인은 회한에 잠긴 얼굴로 먼 곳을 보았다. 19년 전 영수가 뛰쳐나가던 날 노인의 집 풍경이 어땠는지 나는 몰랐다. 저쪽 벤치에선 너무도 지쳐 보이는 노인의 딸이 가을 햇빛 아래 졸고 있었다. 이제는 중년이 된 저 여자가 노인의 19년 전 저녁 속에 같이 있었는지도 알 수 없었다. 기억을 잃어가는 노인이 반복해서 되돌아가는 날이 왜 그날인지도 알 수 없었다. 하지만 그날 노인이 보던 것을 나 또한 보고 있었다는 것만은 분명했다.

울부짖으며 뛰쳐나간 영수는 그날 저녁 한강에 있

는 대교를 하염없이 걸었다. 칼바람이 불고 눈발이 날리고 자동차들이 반짝거리며 지나가는 한밤의 대교는 영수의 혼란스러움과 북받침을 더욱 극대화시켜주었다. 노인의 머릿속에 남아 있는 어떤 숫자 조합이 나에게 전화를 걸게 했을까 문득 궁금했다. 나한테 노인의 번호는 왜 눈에 익은 느낌이었을까. 기철이와 영수와 정란이가 화해의 대단원을 향해 가던 180일의 여정과 관계가 있는 걸까? 알 수 없었다. 그냥 우연일 뿐이었다 해도 이상할 건 없을 것 같았다.

공원에서의 첫 만남 이후 가을은 조금 더 깊어지고 조금 더 추워졌다. 노인의 딸이 바랐던 바와는 달리 나는 계속 노인의 전화를 받았고 노인이 만나자고 하면 지하철을 타고 공원으로 갔다. 주중에는 사회봉사명령을 이행하면서 종합복지관 조리실에서 설거지를 하고 주말에는 노인을 만나는 식이었다.

애기는 매번 기철이와 영수와 정란이 사이를 맴돌았지만 간간이 드라마의 조연들한테로 이어지기도 했다. 노인은 E 배우는 몰랐지만 영수를 키워준 여자는 알았다. 정란에 비하면 지극히 잔잔한 역할이었지만 E 배우가 관록의 연기파 조연으로 자리매김하기 시작한 건 영수 할머니 역을 맡으면서부터였다.

    드라마는 15주 연속 주간 시청률 정상을 기록하며 막을 내렸다. 하지만 노인과 나는 최종회보다는 영수와 정란이와 기철이의 감정이 최고조에 달했던 그날에 대해 얘기하는 걸 좋아했다. 노인과 나는 벤치에 나란히 앉아 각자의 19년 전을 거닐었고 그러는 동안 나뭇잎들은 거의 다 떨어져 내려 공원 곳곳이 노란 낙엽밭이 되었다. 어느 날은 수거차가 와 공원의 낙엽들을 모두 쓸어갔다. 어느 날은 예고도 없이 눈발이 흩날렸고 어느 날부터인가는 노인이 전화를 하지 않았다. 어느 저녁엔가 나는 노인의 전화를 기다렸던 것도 같다. 왜 더 이상 전화하지 않는지 궁금했지만 딸한테 어떤 소식을 전해 듣게 될까 봐 먼저 연락해볼 엄두를 내지 못했다. 복지관 설거지를 마치고 집에 돌아와 맥주 캔을 따는 시간이면 티브이에서 간간히 E 배우가 나왔다.

　사회봉사명령 마지막 날에는 제법 큰 눈이 왔다. 눈다운 눈으로 치면 첫눈이었다. 복지관 노인들이 유리창에 붙어 서서 눈을 바라보다 차례차례 저녁 급식을 먹으러 갔다. 해는 가을보다 훨씬 짧아졌고 복지관 저녁 설거지를 마치면 이제 내 형은 종료였다. 어렸을 때 드라마에서 눈 내리는 장면이 나오면 나는 엄마한테 묻곤 했다. 엄마, 저 눈 진짜 눈이야? 가짜 눈이야?

　엄마는 매번 다른 대답을 해주었는데 그게 어떤 내용이었는지는 여전히 기억나지 않았다.

이야기 모임 1

　이 모임은 한 온라인 커뮤니티에서 시작되었다. 회원들은 주로 카페 내 게시판을 통해 소통했지만 시간이 흐르면서 몇몇이 밖에서 비정기적으로 만나게 되었다. 모임은 비정기적이지만 목적이 뚜렷하다. 이 모임은 경조사가 있거나 연말이나 연초여서 만나는 모임이 아니다. 술 한잔이 생각나거나 취미가 비슷해서 모이는 모임도 아니다. 이 모임은 뭔가를 얘기하고 싶어서 '못 배길 때' 소집되는 모임이다.

　가령 새로 알게 된 장칼국수 맛집이 있는데 그걸 알려주고 싶어서 못 배길 때, 정주행하기 시작한 드라마가 있는데 그걸 누군가와 얘기하고 싶어서 못 배길 때, 지하철에서 어떤 광경을 보았는데 다른 사람들의 의견이 궁금해서 못 배길 때, 그 못 배기는 사람이 모임을 소집하면 된다.

규칙이 몇 가지 있다. 소집에 응한 사람은 자신 또한 이야기 하나를 준비해 가야 한다. 아주 사소한 것이라도 상관없다. 들으러만 가서는 안 된다. 각자 준비해 온 이야기를 나누고 나서는 반드시 같이 밥을 먹고 헤어진다. 닉네임은 색깔 이름 중 하나로 정한다.

복잡할 것은 없다. 뭔가를 얘기하고 싶은 사람들이 그때그때 만나 얘기를 나누고 무언가를 먹는 것뿐이다. 두 명이 모이게 될 때도 있고 다섯 명이 모이게 될 때도 있다. 3개월 넘게 안 만나기도 하고 한 달에 두세 번을 만나게 되기도 한다.

지난 달 청록은 양배추를 가장 맛있게 먹을 수 있는 법을 알아냈다. 그걸 알아내자 사람들한테 얘기해주고 싶어 못 배길 정도가 되었다. 레시피를 터득하기까지 여러 시행착오를 겪었기 때문에 혼자만 알고 있기가 너무나 아까웠다.

청록이 소집한 모임에는 두 명이 나왔다. 그들은 한 프랜차이즈 카페에 둘러앉아 각자 청록과 크림과 고동이라고 본인을 소개했다. 닉네임은 서로 익숙했지만 셋이 직접 얼굴을 보는 것은 처음이었다.

소집자의 모임 제안에 응한 사람들은 어떤 이유로 무슨 얘깃거리를 가지고 나왔을까. 그 기대감 또한 이 모임의 묘미였다. 모임에 나와 뭐라도 얘기하기 위해서는 자신의 일상생활에서 얘깃거리를 포착하고 스토리를 구성해 멤버들의 호응을 이끌어내는 자질이 필요했다. 그 얘기에 본인의 취향과 태도를 솔직히 담을수록 다음에 본인이 모임을 소집했을 때 더 많은 호응을 끌어낼 수 있었다.

크림은 얼마 전 마을버스를 탔다고 했다. 사람들이 별로 없을 시간이어서 그 마을버스에 승객은 크림뿐이었다. 기사는 머리가 희끗희끗한 남성으로 마을버스를 자주 이용하는 크림과 늘 반갑게 인사를 나누는 사이였다. 버스가 사거리에서 신호 대기 중일 때였다. 기사가 휴대폰으로 영상통화를 시작했다. 영상 안에서 한 아이가 "할아버지!" 하고 말했고 곧이어 며느리로 짐작되는 여자가 "아버님!" 하고 인사하는 목소리가 들렸다.

    신호가 바뀌어 다시 운전을 시작하면서도 기사는 한 손으로 휴대폰을 들고 영상통화를 이어갔다. 버스에 승객은 크림뿐이었다. 기사가 차선을 바꾸는 와중에 아이가 노래를 시작했다. 기사는 영상 안의 아이에게 고개를 끄덕이며 연신 추임새를 넣었다. 손자의 재롱 앞에서 그저 흐뭇해지는, 누가 봐도 인자한 할아버지의 모습이었다. 하지만 크림은 그 시간 내내 생명의 위협을 느꼈다. 크림은 버스에서 내리자마자 시청 대중교통과 버스운영팀에 그 마음씨 좋은 할아버지를 신고했다.

    크림이 얘기를 마치자 테이블 위에는 잠깐 정적이 돌았다. 잠시 뒤 고동이 가만히 고개를 끄덕였다. 청록의 얼굴에는 만족감 중상 정도의 미소가 번져갔다.

"저는 매운 걸 전혀 못 먹어요." 고동이 이야기했다. "매운 음식을 보기만 해도 땀을 흘려요."

"먹지 않고 보기만 하는데도 땀을 흘린다고요?" 크림이 묻자 고동이 고개를 끄덕였다.

"어느 기사에서 읽었는데요," 고동이 말했다. "매운 걸 먹으면 43도 이상의 고온을 감지하는 우리 몸의 온도 수용체가 깨어난대요. 몸은 그걸 아주 다급하고 위험한 신호로 받아들이고요. 속에서부터 열이 퍼지면서 땀이 나는 거죠. 심장박동도 빨라지고요."

"그런데 고동 님은 실제로 먹지 않는데도 몸에서 그 현상이 그대로 일어난다는 것이군요. 보는 것만으로도요." 청록이 말하자 고동이 고개를 끄덕였다.

"매운맛이 미각이 아니라 통각이라 가능한 일일까요." 크림이 혼잣말인 듯 질문인 듯 말하자 "그럴지도 모르겠군요"라며 청록이 말했다.

"제 이야기는 여기까집니다." 고동이 짧게 이야기를 끝내고 나자 곧이어 시선이 청록에게로 모아졌다.

모임을 소집하면서 내걸었듯 양배추를 가장 맛있게 먹는 방법에 대해 이제 청록이 이야기하면 되었다.

크림과 고동은 건강식에 관심이 많아 청록의 모임 제안에 응한 것일까? 그간의 커뮤니티 활동에서 특별히 눈에 띄는 점은 없었다. 하지만 청록이 그간 양배추를 맛있게 먹기 위해 거쳐온 과정들을 둘도 대강은 알고 있을 것이었다. 청록은 새로운 양배추 레시피를 시도할 때마다 카페 게시판에 계속 글을 올려왔다.

청록은 양배추를 채 썰어 들기름에 버무려 먹어보기도 했고 참기름에 버무려 먹어보기도 했다. 소금만 쳐서 먹어보기도 했고 김 가루를 뿌려 먹어보기도 했다. 쪄서 먹어본 것은 물론이고 올리브유에 볶아 먹어도 보고 유자청을 얹어 먹어보기도 했다. 양배추 스튜, 양배추 전, 양배추 스무디……. 그중 가장 오랫동안 유지한 레시피는 양배추 생절임 샐러드로 양배추를 채 썰어 소금에 절인 뒤 간장과 들기름, 식초와 올리고당을 넣고 샐러드 삼아, 반찬 삼아 먹었던 것이다.

청록은 크림과 고동을 보며 말했다.

그 모든 과정을 거친 끝에 자신이 도달한 결론은 양배추에 아무것도 넣지 않고, 어떤 열과 간도 가하지 않고, 그냥 먹는 것이라고. 그것이 가장 맛있다고. 그것이 양배추를 오래도록 섭취할 수 있는 가장 좋은 방법이라고. 양배추를 미워하지 않을 수 있는 가장 핵심적인 방법이라고.

양배추를 씻는다. 채 썬다. 그냥 먹는다.

"먹다 보면 진짜 너무너무 고소해져요."

청록이 얘기를 마치자 아까보다 좀 더 오래 테이블 위에 정적이 돌았다.

"매끼 생양배추를 그냥 씹어 먹는다는 건 어떤 느낌일까요." 침묵을 깨고 고동이 묻자 "득도한 느낌 아닐까요." 하고 크림이 말했다. 청록은 그저 조용히 웃었다. "두 분이 괜찮으시다면 매운 걸 먹으러 가면 어떨까요?" 매운 걸 못 먹는다는 고동이 제안했고, 크림과 청록은 좋다고 했다.

짧은 소설의 매력은 자유로운 형식 덕분에 작가의 새로운 얼굴을 만나볼 수 있다는 점입니다. 평범해 보이는 일상을 절개해 그 안에 감춰진 폭력과 불안, 죄책감 같은 끈적이는 감정을 드러내온 최은미 작가는 첫 짧은 소설집인 『별일』을 통해 은근한 유머와 이상한 위로를 더합니다.

『별일』 속 인물들은 낯선 타자와 마주합니다. 담배 냄새를 따라가다 비밀스러운 공간에서 혼자 담배를 피우고 있는 이웃 주민과 만나고(「별일」), 뒷산에서 긴 빨대로 나무를 두드리며 돌아다니는 할머니와 대화하게 되고(「김청자가 아닌 사람」), 은행 현금인출기 부스에 두고 간 만두를 매개로 전혀 모르던 두 사람이 기이한 추격전을 펼치게 됩니다(「이상한 이야기」). 보통의 일상에 틈입한 우연들은 파국으로 이어지기도, 아름다운 매듭을 형성하기도 하지만, 공통점이 있다면 하나의 이야기로 남는다는 것이겠지요. 이 책이 잔잔한 삶에 찾아온 '별일' 같은 만남이 되기를 바라는 마음을 담아, 최은미 작가의 '이야기 모임'에 독자님을 초대합니다.

마음산책 드림

© 수현 | 『발걸음』 | 임서정

그들은 부근에 있는 낙지볶음집으로 갔다. 문을 열고 들어가자 이미 실내에 매운 열기가 가득 차 있었다. 고동은 화재 예방 교육을 받는 사람처럼 손수건을 꺼내 입과 코를 가렸다. 청록과 크림은 메인 메뉴인 낙지볶음을 시켰고 고동은 계란찜을 시켰다.

들어가서 보니 그곳은 매운맛 덕후들에게 꽤 알려진 곳인 듯했다. 오래지 않아 김이 펄펄 올라오는 새빨간 낙지볶음이 접시 한가득 담겨 나왔다. 고동 앞에는 계란찜과 동치미가 놓였다. 그들은 음식을 먹기 시작했다. 아무도 말을 하지 않았다. 말을 할 수가 없었다.

청록과 크림은 코끝이 화끈거리고 식도가 쓰려오고 입에서 불이 나는 채로도 쉬지 않고 접시로 젓가락을 가져갔다. 둘은 코를 훌쩍이며 입가에 계속 손부채질을 하면서도 먹는 걸 멈출 수가 없었다. 한참을 먹다 정신을 차리고 보니 옆에 앉은 고동이 정말로 땀을 흘리고 있었다. 청록과 크림처럼 콧등에 맺히는 정도가 아니었다. 계란찜에 동치미 국물만 떠먹고 있는데도 고동은 사우나에 앉아 있는 사람처럼 땀을 흘리고 있었다. 양복 와이셔츠 깃이 목둘레를 따라 다 젖어 있었다.

"정말이군요." 크림이 젓가락을 내려놓으면서 말했다.

"힘들면 이만 나갈까요?" 청록이 묻자 고동이 고개를 저었다.

"아니요. 계속 드서주세요." 고동이 손수건으로 뺨의 땀을 닦으며 말했다. "오늘은 이렇게 땀을 흘려보고 싶어서 못 배길 것 같은 날이었어요. 그럴 때가 있어요. 내 몸이 직접 겪지 않은 일로도 내 몸이 반응하는 걸 봐야겠는 날이요. 오늘이 그렇습니다."

청록과 크림은 낙지볶음을 마저 먹었다. 쿨피스를 한 컵씩 나눠 마시며 혀의 통점을 가라앉힌 뒤 셋은 밖으로 나왔다. 한 정거장 정도를 걸어가 헤어지기로 하고 그들은 인도를 따라 걸었다.

"내일 아침에 화장실에서 난리 나겠는데요." 크림이 말했다.

"양배추로 속을 달래보세요." 청록이 말했다.

"아무것도 안 친 그 생짜 양배추로 말이지요?" 크림이 입을 삐죽이며 말했다.

맞은편에서 오는 차의 헤드라이트 불빛이 셋을 빠르게 지나쳐 갔다.

"마을버스 기사님이랑은 그 뒤로 안 어색해지셨어요?" 고동이 크림에게 물었다.

"오늘 집에 들어가면서 탈 마을버스가 신고하고 나서 처음 타는 버스예요." 크림이 말했다.

공사 구간이 나오면서 인도가 좁아져 셋은 잠시 일렬로 걸었고, 곧 다시 넓어진 인도로 나왔다.

크림이 말했다. "자꾸 그런 생각을 하게 돼요. 승객이 나 말고 한 명이 더 있었다면 기사는 영상통화를 하지 않았을까? 승객이 나 말고 다른 사람이었다면 기사는 영상통화를 하지 않았을까?"

"예를 들면 저처럼 덩치 큰 사람이요?" 고동이 말했고,

"아니면 나처럼 깐깐해 보이는 사람?" 청록이 말했다.

크림이 아무 말 없이 걸어가자 수심 있는 사람에게 말을 거는 거리의 포교자들처럼 청록이 크림에게 붙어 걸으며 말했다. 양배추로 속을 달래보세요. 양배추로 속을 달래보시라니까요.

그들은 곧 지하철역 앞에 도착했다. 크림은 지하철을 타면 되었고 청록과 고동은 반대 방향의 버스를 타면 되었다. 셋은 헤어지기 전 마주 서서 서로의 얼굴을 살폈다.

"고동 님,"

땀을 흠뻑 흘린 뒤 피부의 막 하나가 걷힌 듯한 고동을 크림이 지목했다.

"오늘 발색 잘되셨는데요."

크림의 말에 청록이 고개를 끄덕였다.

"동의합니다. '오늘의 발색'은 고동 님으로 선정하죠."

모임 소집자의 결정에 "두 분 덕분입니다"라며 고동이 쑥스러운 듯 웃었고, 셋은 인사를 나눈 뒤 각자의 방향으로 귀가했다.

이야기 모임 2

　양배추 얘기로 모임 소집 글이 올라왔을 때 형광은 많이 나와봐야 두 명 정도일 거라고 생각했다. 양배추를 가장 맛있게 먹을 수 있는 법을 알려주겠다니, 무모하고도 순진한 글이었다. 이 카페엔 하루에도 수십 건씩 양배추 얘기가 올라왔다. '양배추 레시피 공유'류의 글은 가장 기본적인 것이었고 간헐적 단식, 위축위염, 당뇨 전 단계, 변비 해결법 같은 키워드도 늘 함께 등장했다. 양배추를 익히면 영양소가 파괴되는지 아닌지 묻는 사람들이 끊임없이 신규 회원으로 유입됐고 양배추를 낱장으로 세척해야 하는지 그럴 필요가 없는지로 수

백 개의 댓글이 달리며 논쟁이 벌어졌다. 그들 중에 이 카페의 기원을 아는 사람들이 얼마나 될까. 형광은 모임 후기가 올라왔는지 찾아보면서 청록이라는 닉네임으로 작성된 게시 글들을 다시 한번 훑었다.

지금은 양배추 추종자들의 목소리가 다수가 되었지만 본래 이 카페는 양배추를 증오하는 사람들이 모여 양배추를 마음껏 싫어하던 곳이었다. 카페 개설자이자 초기 운영자는 1990년대 후반에 대한민국 육군 8사단에서 군복무를 한 남성이었다. 26개월의 군복무 기간 동안 하루 세끼 내내, 그는 배추를 절여 만든 김치 대신 양배추김치를 먹었다고 했다. 양배추를 뭉텅뭉텅 잘라 아무런 절임 과정 없이 고춧가루와 소금만 뿌려 내놓은 불그레한 음식이었다. 그의 초기 게시 글엔 이 양배추김치가 얼마나 끔찍한 반찬이었는지, 김치라 이름 붙은 이 반찬 때문에 자신의 군 생활이 얼마나 고통스러웠는지가 반복적으로 언급되어 있다.

그의 글에 양배추만큼이나 자주 등장하는 건 닭고

기였다. 닭찜, 닭튀김, 닭국, 이 세상의 모든 닭이 군대로 흘러들어오는 게 아닐까 의심될 만큼 그는 군대에서 엄청난 양의 닭을 먹어야 했다. 그는 특히 닭국을 괴로워했다. 군대에서 그가 먹어야 했던 닭국은 빨간 닭국과 하얀 닭국 두 가지였는데 "빨간 닭국은 닭 스튜 내지는 닭고기 수프로 추정되고 하얀 닭국은 백숙을 목표로 한 음식으로 짐작되지만 색깔 차이 외에는 별로 언급해주고 싶지 않을 정도로 똑같이 맛없고 똑같이 닭 비린내가 심했다"라고 그는 적고 있다.

하지만 그로부터 20여 년이 지난 지금 상황은 완전히 역전됐다. 그의 한 시절에 씻을 수 없는 트라우마를 남기고 전역 후에도 입에 대는 걸 꿈도 꿀 수 없게 했던 양배추와 닭이 이제는 어떤 음식보다도 추앙받고 있었다. 건강식과 몸 만들기에 관심이 있는 사람 치고 닭이 주도하는 가금류 단백질을 안 찾는 사람이 없었고 양배추는 거의 불로장생급 식재료로 회자되고 있었다. 그 중심에는 요 몇 년간 저속 노화 열풍을 주도한 의사인 K

선생이 있었다. 형광은 사람들을 만나면 말하곤 했다. 나는 K 선생에게 특별한 감정은 없어. 그의 말씀을 실천하려고 노력하는 유형에 가깝지.

이 카페에도 자신과 같은 부류가 많을 것이라고 형광은 생각했다. 그에 못지않게 K 선생의 말씀 속에서 뿌리 깊은 절망감을 느끼는 사람 또한 꽤 있을 것이라고 형광은 느꼈다. 하지만 누가 뭐라고 해도 가장 눈에 띄는 부류는 K 선생의 말씀을 삶의 지침으로 삼고 K 선생을 신봉하는 부류였다. 양배추를 가장 맛있게 먹는 법으로 모임 제안을 했던 청록은 아마도 본인이 K 선생을 신봉하는 줄도 모른 채로 K 선생 신봉자 대열에 들어선 그 눈에 띄는 부류들 중 하나일 것이다.

그들은 언제 어디서나 K 선생을 떠올렸다.

바쁜 하루의 시작, 식빵에 딸기잼을 발라 오렌지주스 한 잔과 함께 아침을 먹고 출근길에 오를 때면 그들은 K 선생을 떠올렸다. 정제 탄수화물과 단순당, 액상과당으로 하루를 시작했으니 K 선생님이 이런 나를 보면 고개를 저으시겠구나. 나의 생체시계는 오늘도 가속 노화의 페달을 밟으며 달리고 있구나.

퇴근길에 새우튀김을 안주로 술 한잔을 기울이면서도 그들은 K 선생을 떠올렸다. 오늘도 이 알코올은 내 몸의 산화스트레스를 증가시키고 세포손상을 유발해 노화를 촉진하겠구나. 거기다 튀긴 음식까지 곁들였으니 포화지방이 오늘도 내 혈관에 독을 쌓고 염증을 불러오겠구나.

K 선생 신봉자이면서 불안도가 높은 유형이기까지 하다면 그들은 그날 하루를 마치고 집에 도착하기 전에 이미 자신들의 노년을 몇 번은 그려보게 될 것이다. 식빵으로 시작해 새우튀김으로 마무리한 오늘 같은 하루가 삼사십 년쯤 쌓인 어느 날, 자신은 신체에 기능 저하가 온 칠십대가 되어 길거리를 자연스럽게 걸어 다니는 당연한 삶을 누리지 못하고 있다.

동네 사거리 카페에 라떼 한잔을 마시러 가려고 해도 계단 몇 칸을 내려가기가 힘들어 결국 포기하고 마는 나. 약봉지와 물컵을 머리맡에 두고 누워 또래 노인들이 둘레길에서 웃고 있는 SNS 사진을 들여다보고 있는 나. 그들처럼 젊어서부터 양배추 식단을 실천해오지 못한 자기를 반성하는 나. 코어가 약해 꼬부라지고 있는 나.

형광은 주기적으로 궁금해지곤 했다. 언젠가부터 카페에서 완전히 자취를 감추어버린 카페 개설자는 어디에서 어떤 모습으로 살고 있을까. 현재 사십대 중후반을 지나고 있을 그의 유튜브 알고리즘에도 K 선생이 뜰까? 본인을 철저히 숨긴 채 다른 정체성으로 활동하고 있다가 누군가의 모임 제안에 걸려들어 모습을 드러내진 않을까? 그렇다면 지금 삶에서 그를 반응하게 하는 건 뭘까?

그때 모임 소집 게시판에 새로운 글 하나가 올라왔다. 형광이 그 모임 제안에 응한 건 올라오자마자 그 게시 글을 읽었다는 단순한 이유 때문이었다. 모임 장소에 나가보니 두 명이 앉아 있었는데 그들 중 사십대 중

후반의 군필자처럼 보이는 사람이 없다는 걸 확인한 후에야 형광은 자신이 혹시나 하는 일말의 기대를 품고 있었다는 걸 깨달았다.

형광은 그날 30분이 넘도록 모임 소집자가 추천하는 양배추 채칼에 대한 얘기를 들어야 했다. 돈가스집 비주얼로 양배추를 얇게 채 썰어준다는 칼이었다. 그날 소집에 응했던 다른 한 명과 자신이 어떤 얘기를 했는지는 기억도 나지 않았다. 하지만 이야기 뒤의 식사 시간만은 한동안 형광의 머릿속에 남아 있었다. 직접 모임 소집도 해보고 여러 모임 제안에도 응해봤지만 이야기가 끝나고 식당이 아닌 소집자의 집으로 가서 밥을 먹은 건 그때가 처음이었다.

"1년 가까이 아무도 없었어요. 제 냉장고에서 비린내가 나는지 확인해준 사람이요."

보라라는 닉네임의 모임 소집자가 카페 테이블에서 불쑥 그런 말을 했다. 채칼 이야기가 막 끝난 직후였다.

"냉장고에서 비린내가 나요?"

형광 외의 다른 참가자인 살구가 묻자 보라가 고개를 저었다.

"아니요. 아니요. 저는 안 나요. 저는 아무리 맡아봐도 냉장고에서 비린내가 나는 줄 모르겠는 거예요. 그러니까 답답한 거죠."

"……."

"안 해본 게 없어요. '냉장고 비린내 잡는 법'으로 알려진 모든 걸 다 해봤어요. 레몬, 식초, 베이킹소다, 커피 찌꺼기…… 칸칸마다 쌀뜨물도 발라봤고요. 그래도 확신이 안 서는 거예요. 비린내가 안 난다는 확신을 못 하겠는 거예요."

"……."

"이상하게 친한 친구한테도 부탁을 못 하겠어요. 혹시 내 냉장고에서 비린내 나? 안 나? 나는지 안 나는지 솔직히 말해줄 수 있어? 이런 부탁을 가까운 사람 누구한테도 못 하겠는 거예요."

거기까지 말한 뒤 보라가 도움을 청하는 눈빛으로 형광과 살구를 번갈아 보았다.

"설마 지금, 저희한테?"

형광의 말에 보라가 빠르게 고개를 끄덕였다.

"괜찮으시다면 오늘 모임 식사는 식당 말고 저희 집에 가서 하면 어떠세요? 바로 이 근처예요. 꼭 부탁 좀 드릴게요. 비린내가 난다, 안 난다, 솔직하게 그 말씀만 해주시면 돼요. 솔직히 말씀해주셔도 상처 안 받을게요."

"냉장고에서 비린내 나는 게 상처받는 일이에요?"

살구의 물음에 보라의 코끝이 순식간에 새빨갛게 달아올랐다. 곧이어 눈가로 열기인지 물기인지 모를 것이 번져 올라왔다. 형광은 이 상황을 빨리 정리하고 싶은 마음에 보라한테 물 한잔을 건넸다. 처음 본 여자의 집으로 가 냉장고에서 흘러나오는 냄새까지 맡아보는 상황만은 피하고 싶다는 생각이 그 순간 들었던 것이다.

"그날도 그냥 평범한 저녁 식탁일 뿐이었어요."

하지만 상황이 정리될 틈 없이 보라가 이야기를 시작했다.

보라의 말에 따르면 보라가 냉장고 냄새에 강박을 가지게 된 건 그날 저녁 남편의 한마디 때문이었다. 생선 요리라든가, 젓갈이라든가, 생고기를 손질했다든가, 하다못해 계란 하나, 우유 한 컵 없었다. 그날 저녁 식탁에 비린내가 날 만한 건 아무것도 없었다. 평소처럼 식사 준비를 마치고 남편과 함께 식탁에 마주 앉은 참이었다. 막 숟가락을 들던 남편이 입덧이라도 하는 새댁처럼 갑자기 고개를 틀었다. 동시에 남편의 입에서 그 말이 나왔다.

"어우, 비려."

보라를 탓하거나 음식을 탓하는 말투가 아니었다. 재채기처럼 반사적으로 튀어나온 말이었기 때문에 그 말은 보라를 더 강타했다.

어우, 비려.

남편이 식탁에서 한 한마디. 어우, 비려.

저녁 식탁에 올라왔던 국과 찬과 밥은 그 말과 동시에 순식간에 식어버렸다.

"그 말을 할 때의 남편 표정, 목소리, 그런 게 지금도 잊히지가 않아요."

그날 밤 보라는 침대 가에 멍하니 서서 잠든 남편을 내려다보았다. 내려다보고 있는데 문득 그런 생각이 들었다. 큰 주전자 가득 물을 끓여서 이 사람 얼굴과 몸에 골고루 부으면 어떻게 될까?

보라가 거기까지 말했을 때 살구가 경악한 표정이 되어 입으로 손을 가져갔다.

보라가 말했다.

"사람한테 끓는 물을 부으면 어떻게 되는지 아세요?"

형광과 살구는 아무 말도 못하고 보라를 쳐다만 봤다.

"저는 알아요."

"……."

"검색을 해보거든요."

"……"

"제가 실제로 남편한테 끓는 물을 부을 가능성은 0퍼센트예요. 그렇잖아요. 미치지 않고서야 어떻게 그런 짓을 하겠어요. 저는 남편 죽이는 그런 여자 아니에요. 사람이 사람한테 어떻게 그런 짓을 해요. 근데요, 근데…… 검색은 해봐요. 주기적으로 검색을 해본다고요. 어떤 괴사와 감염과 곤란이 일어나 죽게 되는지 검색을 해본다고요."

보라가 웃는지 우는지 알 수 없는 소리를 내더니 형광과 살구 쪽으로 상체를 기울였다.

"이렇게 살 순 없잖아요."

"……"

"그렇잖아요. 이렇게 살 순 없잖아요."

거기까지가 형광과 살구가 보라의 집으로 가서 식사를 하게 되기까지의 얘기였다. 이야기를 들은 이상 보라의 부탁을 거절하기가 어려웠다. 보라가 남편한테 끓는 물을 부을 가능성이 1퍼센트도 없다는 걸 누가 장담할 수 있겠는가. 어찌 됐든 일단 보라의 상태를 잠재울 필요가 있어 보였다. 형광은 울며 겨자 먹는 심정으로 보라를 따라갔다. 살구도 마찬가지인 듯했다. 하지만 걱정했던 것과 달리 집으로 들어서자 보라는 양배추 채칼 얘기를 하던 때의 텐션을 되찾았다. 형광과 살구에게 어서 무언가를 먹이고 싶어 못 배기는 사람처럼 보였다.

보라를 따라 주방으로 들어서자 살구가 탄성을 질렀다.

"와, 저속 노화 주방이네요!"

저당 밥솥과 두유 제조기, 각종 야채 슬라이서, 탄단지 식단을 위한 저울이 그리 넓지 않은 보라의 주방에서 오밀조밀 빛을 내고 있었다.

"보라님은 매일매일 저속 노화 식단으로 드세요?"

살구가 묻자 보라가 쑥스럽다는 듯 웃으며 손을 내저었다.

"아니요. 사람이 어떻게 그렇게만 먹고 살아요. 그때그때 기분에 따라 저속 노화로도 먹고 가속 노화로도 먹고 그래요."

보라는 형광과 살구를 식탁에 앉게 하고는 냉장고와 조리대와 개수대를 놀라울 정도로 효율적인 동선으로 오가기 시작했다.

식탁에 잠자코 앉아 주방을 둘러보며 형광은 생각했다.

오늘 보라의 기분은 저속 쪽일까, 가속 쪽일까.

"그럼 샐러드부터 시작해볼까요?"

카페에서 30분 넘게 얘기했던 바로 그 채칼을 꺼내 들고 보라가 양배추를 채 썰기 시작했다. 살구가 조리대로 달려가 보라 옆에서 사진을 찍었다.

"다이소 채칼이랑은 정말 비교도 안 되네요."

"당연하죠."

그들이 그러는 중에도 형광은 긴장을 놓지 못한 채 모든 감각을 냉장고 쪽으로 열어놓고 있었다. 누구도 티는 안 내고 있었지만 주방으로 들어온 그 순간부터 냉장고 비린내 감지 임무가 시작됐다는 걸 알고 있었다. 솔직한 피드백을 위해 형광과 살구는 밥을 먹고 헤어진 뒤 집으로 돌아가 각자 보라에게 의견을 보내기로 한 상태였다. 보라가 냉장고 문을 열고 무언가를 꺼낼 때마다 형광은 후각을 최대치로 예민하게 열어놓은 채 냉장고 안팎의 것들을 눈에 담았다.

오래지 않아 채 썬 양배추가 솜사탕처럼 담겨 식탁에 올려졌다. 보라는 냉장고에서 염분이 극도로 농축된 절임 반찬 몇 개를 꺼냈고 정제 곡물의 대명사라 할 백미밥 세 공기를 수북이 담아 내왔다.

"와, 혈당 제대로 튀겠는데요?"

살구가 침을 삼키며 말했다. 셋은 밥을 먹기 시작했다. 너무도 고소하고 달고 짭조름하고 맛있어서 셋은 순식간에 밥 한 공기를 해치웠다. 아무도 양배추 채엔 손을 대지 않았지만 왠지 식탁 한쪽에 양배추가 있다는 것만으로도 죄책감이 덜어지는 기분이었다.

"역시 흰밥에 장아찌네요."

형광의 말에 살구가 만족스러운 얼굴로 고개를 끄덕였다.

"그럼 다음 코스로는 양배추를 듬뿍 넣은 라면을 먹어볼까요?"

보라는 형광과 살구에게 그대로 앉아서 기다려달라고 하고는 뚝딱뚝딱 라면을 끓여 내왔다. 셋은 식탁에 코를 박고는 설명이 필요 없는 그 음식, 가속 노화의 상징, 라면을 먹기 시작했다.

"저는 지금까지 철판 닭갈비에 있는 양배추가 제일 맛있었거든요? 그다음이 떡볶이에 든 양배추였고요. 근데 오늘 순위가 바뀌었어요. 라면에 든 양배추가 최고네요."

살구가 콧등의 땀을 닦으며 말했고 형광은 고개를 끄덕이지 않을 수 없었다. 양배추 라면까지 다 먹은 뒤 보라는 후식으로 단순당과 트랜스지방이 풍부해 인슐린 기능을 저하시키는 케이크 한 조각을 내왔다. 혀에서 시작된 달콤함이 뇌혈관을 타고 뼛속까지 침투하는 듯한 아찔한 맛이었다. 셋은 나른한 만족감에 잠겨 잠시 식탁에 축 늘어졌다. 거기서 끝이 아닌지 보라가 잠시 뒤 머그잔에 무언가를 담아 내왔다.

"저는 이렇게 먹은 날은 K 선생님한테 죄송한 마음이 들어 즙으로 마무리해요."

흑버섯 분말을 탄 양배추즙이라고 했다. 형광과 살구가 마지막 코스로 음료까지 모두 들이켜자 보라가 말했다.

"이제 당 털러 나가볼까요?"

셋은 밖으로 나가 보라의 집 근처 공원을 걸었다. 주말 저녁인 데다 날씨가 적당해 사람들이 삼삼오오 나와 걷거나 배드민턴을 치고 있었다.

"오늘 두 분한테 너무 감사해요. 남편이 출장 중이라 때마침 부탁을 드릴 수 있었어요."

보라의 말에 형광과 살구는 아니라고, 우리가 감사하다고, 저녁을 너무 맛있게 먹었다고 말했다. 그렇게 인사를 주고받고 나자 다시금 냉장고 냄새 피드백에 대한 부담감이 밀려와 형광은 혼란스러워졌다. 어떤 대답을 보내야 보라를 진정시키는 데 효과적일지 알 수 없다는 느낌이 갑자기 들었다. 냉장고에서 비린내가 난다고 답을 보내도 보라는 괴로울 것 같았고 냉장고에서 비린내가 안 난다고 보내도 그건 그것대로 남편에 대한 화를 증폭시킬 것 같았다. 대체 보라의 남편은 어떤 비위를 가진 사람인 거지? 형광이 그런 생각을 하고 있을 때 살구와 보라가 형광을 공원 한쪽으로 이끌었다.

따라가보니 공터에 사람들 수십 명이 모여 서서 맨몸 스쾃을 하고 있었다. 음악도 없었고 강사도 없었다. 지나가다 스쾃을 하고 싶으면 원하는 횟수만큼 하다 가는 것 같았다.

"아무렴 당 터는 데 스쾃만 한 건 없죠."

보라가 말했고 셋은 스쾃 대열에 합류해 스쾃을 하기 시작했다. 20회가 넘어갔을 때 살구가 숨차하는 목소리로 물었다.

"보라님은 단백질 보충은 주로 어떻게 하세요?"

역시나 숨차하는 목소리로 보라가 답했다.

"닭이요. 닭 먹어요."

살구가 고개를 끄덕였다.

"역시 저속 노화 라이프엔 양배추와 닭만 한 게 없죠."

"맞아요. 양배추랑 닭 없었으면 어쩔 뻔했어요."

둘의 얘기를 들으며 형광은 보라가 냉동실 문을 열었을 때 언뜻 보았던 닭 무더기를 떠올렸다. 닭가슴살을 소분해 모아놓은 것도 같았고 닭을 부위별로 토막 내 담아놓은 것도 같았다. 닭 옆으로 국물을 낼 때 쓰는 멸치와 다시마 통들이 종종종 놓여 있던 것도 떠올랐다. 어쩌면 보라의 남편은 어지간히도 닭을 싫어하는 인간일지도 모르겠군. 형광은 잠깐 생각했고 그뿐, 거기서 생각이 더 진전되지는 않았다. 셋은 스쾃 50회씩을 채운 뒤 각자의 방향으로 귀가했다.

모르는 이야기

 나는 그 남자가 우리 집에 왔던 날 저녁을 기억하고 있다. 오늘도 밥을 먹다 그날을 떠올렸다. 이제 그만 잊고 싶기도 하지만 그럴 수가 없다. 어떻게 잊을 수가 있을까. 그때는 내가 그리 길지 않은 인생에서 유일하게 들떠 있던 시기였다. 그리고 내 와이프도, 그 무렵 나만큼이나 들떠 있었다. 그때 나는 와이프의 상태를 어느 때보다도 잘 느낄 수 있었다. 우리는 결혼을 할 때도 특별히 설레거나 들뜨지는 않았다. 하지만 전세로 살던 집을 우리 명의로 구매하게 되었을 때 나는 비로소 와이프와 뭔가를 하고 있다는 기분이 들었다. 크지 않은

평수의 구축 집이었고 대출 비율도 낮지 않았지만 우리는 기뻤다. 돌아보면 그 무렵이 내가 와이프랑 가장 친하게 지냈던 때였다. 내 인생에서도 상상력이란 게 작동할 수 있다는 걸 어렴풋이나마 맛보았던 때.

와이프와 나는 집 장만 기념으로 욕실을 수리하기로 했다. 집주인이 신혼집으로 들어올 때 올 수리를 거친 집이라고 강조하긴 했지만 와이프는 늘 욕실을 아쉬워했다. 야근을 한 날이면 물때 낀 샤워 부스 대신 작은 욕조라도 있으면 좋을 것 같다고 말하곤 했다. 그리고 이제, 우리는 그곳에서 무엇이든 할 수 있었다. 벽에 못을 박고 싶으면 박을 수 있었고 문짝을 떼어버리고 싶으면 떼어내도 되었다.

원목 느낌을 살린 건식 욕실로 할까? 세면대 하부장이랑 수납장을 편백나무로 짜는 거야. 아니면 벽면이랑 바닥을 다 포세린 타일로 하는 건 어때? 블랙 젤 타일도 너무 멋질 것 같아. 주말 저녁이면 소파에 나란히 앉아 와이프와 나는 그런 얘기들을 나누었다. 내가 해

바라기 샤워기 헤드 봐둔 게 있는데 말이야, 이게 셀프 클리닝도 되고 물이 17퍼센트나 절수된대. 우리 청소용 스프레이건도 꼭 달자. 나중에 아이 낳으면 그걸로 같이 물싸움을 하는 거야.

여러 군데에서 간이 견적을 받아보던 중 우리는 인터넷에서 작은 업체를 발견했다. 기본 공사비가 높지 않으면서도 시공 사진들이 깔끔했다. 와이프와 나는 정말로 원목장을 짜거나 고가의 포세린 타일을 깔 생각은 없었기 때문에 우리한테 딱 맞는 곳이라고 생각했다. 무엇보다 후기가 좋았다. 사장님이 공사에 진심이십니다, 내 집처럼 신경 써주셔서 감사드려요, 젊고 감각 있는 사장님, 앞으로 더욱 번창하세요.

어느 평일 오후 나는 회사 탕비실 의자에 앉아 사장과 통화를 했다. 정확한 견적을 위해 방문 약속을 잡았다. 이희승. 이후 내가 결코 잊지 못하게 될 이름이 내 휴대폰에 저장된 날이었다.

이희승이 우리 집에 왔던 게 수요일 저녁이었는지

목요일 저녁이었는지는 정확하지 않다. 어쨌든 평일 저녁인 건 확실했다. 와이프와 나는 정시에 퇴근을 해 조금 서둘러 저녁을 먹었다. 설거지를 마치고 된장찌개 냄새를 빼기 위해 환기를 하고 있을 때 이희승한테서 전화가 왔다. 잠실에서 출발해 가고 있는데 차가 막힌다고, 약속 시간인 여덟 시에서 조금 늦을 것 같다고 했다. 나는 괜찮다고, 천천히 조심히 오시라고 말했다. 훗날 나는 몇 번이나 그 통화를 복기했다. 전화로도 충분히 느껴졌던 그 통화의 모든 뉘앙스를 되짚고 또 되짚었다.

    이희승. 그는 면바지에 재킷을 단정히 걸치고 우리 집 현관으로 들어섰다. 나와 비슷한 또래로 보였다. 평범하고 수수한 인상이었다. 20분 정도 늦은 걸 몇 번 반복해 사과한 뒤 그는 욕실을 확인했다. 덧방 시공이 가능한 상태인지 먼저 점검했고 환풍구 위치와 세면대 쪽 배관도 꼼꼼히 살폈다. 누수 이슈는 없는지도 확인했다. 외관 인테리어만 그럴듯하게 해놓는 업자는 아닐 거라는 신뢰가 느껴졌다.

　이희승과 와이프와 나는 식탁에 앉아 이희승이 갖고 온 샘플 북을 보며 타일과 수전과 도기와 기타 액세서리들을 확정했다. 계약서를 쓰고 공사 일정을 잡았다. 나는 이희승의 계좌로 공사 계약금 150만 원을 입금했다.

　공사 당일 아침, 와이프는 우리가 지난 4년간 살면서 써온 욕실을 여러 각도에서 사진으로 남겼다. 공사가 끝나면 같은 각도에서 다시 사진을 찍을 것이다. 그러곤 인테리어 커뮤니티에 비포 애프터로 올리겠지. 공사 업체 정보를 묻는 댓글이 많이 달릴수록 와이프는 기쁠 것이다. 나도 마치 모르는 사람인 척 와이프의 욕실 공사 후기에 감탄하는 댓글을 남겨놓을 수도 있을 것이다.

　하지만 우리에게 애프터의 시간은 오지 않았다.

　철거팀이 오기로 한 시간이 지났지만 아무도 초인종을 누르지 않았다. 나는 30분 정도 더 기다리다 이희승한테 전화를 걸었다. 전화 연결이 되지 않았다. 카톡을 보냈다. 확인을 하지 않았다. 시공 사진과 후기가 가득하던 업체 홈페이지를 클릭했다. 사이트 서버가 끊겨 있었다.

공사 당일인데, 이희승은 어떤 경로로도 연락이 되지 않았다.

이후의 진행 상황은 내 머릿속에 마치 타임랩스 영상처럼 남아 있다.

와이프의 목소리가 들린다.

"자기야, 정신 차려. 우리 그 새끼한테 사기당한 거야."

나는 경찰서로 간다.

하지만 고소장이라는 걸 접수하는 와중에도 나는 이희승한테 피치 못한 사정이 생긴 거라는 생각을 완전히 접지 못했다. 갑자기 사고를 당했을 수도 있었다. 어디가 아픈 걸 수도 있었다. 집에 무슨 일이 생긴 걸 수도 있었다. 그렇지 않다면 말이 안 되지 않는가? 어디 하나

눈에 띄는 곳도 없던 그 자식이 나를 속여먹었다는 게 말이 될 리가 없지 않은가?

"2천가량 해먹었네요."

사건이 배정된 뒤 담당 수사관이 한 말이었다. 이희승이 공사 계약금만 받고 잠적한 집은 우리 집을 포함해 아홉 곳이었다. 견적에 따라 백만 원대부터 이삼백만 원대까지 피해 금액은 다양했다. 서울 경기권 각지에 살고 있던 피해자들의 단톡방이 꾸려졌다. 거주 동네와 피해액을 올리며 서로 인사를 나눈 뒤 이희승에 대한 성토가 이어지고 있을 때였다. 말들이 한창 올라오는 중에 누군가 갑자기 단톡방을 나갔다. 한마디 말도 없이 나가버려 채팅방을 잠깐 정적에 빠뜨린 사람은 다름 아닌 내 와이프였다.

"자기, 왜 그랬어?"

퇴근 후 집에 돌아와 나는 와이프한테 물었다.

"자기만 거기 있으면 됐지 나까지 그 말을 들어야 돼?"

소파에 반쯤 누워 휴대폰을 들여다보면서 와이프가 말했다.

"자기, 이게 지금 남의 일이야?"

나는 거실에 선 채 와이프를 보았다. 휴대폰을 보는 와이프를 보며 내 심정을 말했다.

"나는 태어나서 사기라는 걸 처음 당해봤어. 경찰서에 가서 고소라는 것도 처음 해봤다고. 내가 이런 일에 말려들게 될 거라고는 생각조차 안 하고 살았다고."

"어쨌든 이젠 당했잖아. '등신같이'."

계속 휴대폰을 보면서 와이프가 뱉은 말이었다.

나는 그 자리에 우두커니 선 채 잠깐 거실 창밖을 보았다. 어쩌면 '등신같이'라고는 안 했는지도 몰랐다. 휴대폰을 보느라 고개를 숙이고 있어서 발음이 뭉개진 걸지도 몰랐다. 와이프가 원래 말을 조신하게 하는 편은 아니었지만 남편 면전에서 등신 같다고 할 만한 사람도 아니었다. 나는 이희승이 나한테 사기를 쳤다는 걸 믿을 수 없듯 내 와이프가 저러고 있다는 걸 믿을 수 없었다. 그녀는 나한텐 눈길조차 주지 않고 계속 휴대폰에 고개를 처박고 있었다.

"자기 지금, 뭐 하는 거야?"

나는 정말로 궁금했을 뿐이었다. 와이프가 폰으로 무엇을 하고 있는지. 이희승을 잡는 것에 온 신경을 모아도 모자랄 판에 초저녁부터 소파에 누워 무엇을 하고 있는지, 나는 정말로 궁금했다. 하지만 와이프는 내가 시비를 걸고 있다고 받아들인 것 같았다. 휴대폰에서 고개를 들더니 와이프가 말했다.

"자기는 비벼 나온 짜장면도 먹는 사람이잖아."

나는 이 상황에서 와이프가 왜 다시 그 얘기를 들추어내는지 이해가 가지 않았다.

언젠가 와이프와 둘이 중식을 먹으러 간 적이 있었다. 와이프는 짬뽕을 시키고 나는 간짜장을 시켰다. 우리한테 나와야 할 음식이 옆 테이블로 잘못 간 걸 안 옆 테이블 사람이 간짜장을 받아 막 비볐을 때였다. 서빙을 한 직원이 어쩔 줄 몰라 하고 있을 때 옆 테이블 사람이 말했다. 지금 막 받아서 비비기만 했지 먹지는 않았는데, 괜찮으시겠냐고.

나는 괜찮았다. 직원은 옆 테이블 남자가 비벼놓은 짜장면을 내 앞에 갖다주며 이해해주셔서 감사하다고 말했다. 거기 있던 사람 중 그 상황을 이해하지 못하는 사람은 와이프뿐이었다. 남이 비빈 짜장면은 먹던 거랑 다를 바가 없다는 것이었다. 새 짜장면을 요구하면 될 일이었다는 것이었다. 그 후로 와이프는 내 행동에 불만이 있거나 무언가 성에 안 차는 일이 생길 때마다 비벼 나온 짜장면 얘기를 꺼냈다.

자기는 비벼 나온 짜장면도 먹는 사람이잖아.

그렇잖아.

그런 사람이잖아.

나는 소파 앞으로 한 발 다가서며 와이프한테 물었다.

"이게 지금, 내 탓이란 뜻이야?"

그렇게 묻고 나자 안에서 어떤 덩어리가 치솟는 느

낌이었다. 동시에 이희승의 얼굴이 떠올랐다. 경찰은 이희승한테 출석요구서를 보내놓은 상태였다. 끝까지 출석을 안 하면 수배로 전환된다고 했다. 내 휴대폰에는 이희승의 이목구비가 또렷이 나온 사진이 있었다. 견적을 보러 왔던 그 사람이 맞는지 확인해달라고 수사관이 보내온 사진이었다.

당연히 맞았다. 사진 속 남자는 너무나 이희승이었다. 어느 평일 저녁 우리 집 현관으로 들어서던 남자. 우리 집 욕실을 꼼꼼하게 살피던 남자. 우리 집 식탁에 30분 넘게 앉아 우리의 애프터 욕실에 대해 함께 상의하던 남자. 청소용 스프레이건을 무광 니켈 제품으로 추천해주던 남자. 이희승. 그 개새끼.

나는 소파로 성큼 걸어가 와이프 손에서 휴대폰을 낚아챘다. 그러곤 소파 한쪽으로 휴대폰을 던져버렸다.

"돌았어?"

와이프가 일어나 앉으며 말했다. 나는 돌지 않았다. 엄청난 자제심을 발휘하고 있을 뿐이었다. 내가 지금 얼마나 참고 있는지를 모른 채 고작 휴대폰을 던져 버린 걸로 정색하는 와이프를, 대체 어떻게 하면 좋을까. 저 여자를 대체 어쩌면 좋을까.

하지만 나는 일을 더 크게 만들고 싶지는 않았다. 이희승만으로도 충분히 힘들었다. 나는 와이프한테 곧바로 사과했다. 소파 옆에 무릎으로 기대서서 와이프와 눈을 맞춘 채 몇 번이나 미안하다고 말했다.

"자기, 기억나?"

사과를 마친 뒤 나는 와이프한테 물었다.

"이희승이 욕실을 둘러보고 있을 때 자기가 그 남자한테 물 한 잔을 건넸잖아."

와이프는 기억이 나는지 안 나는지 알 수 없는 표정으로 나를 쳐다보기만 했다.

"그때 이희승이 고마워했잖아. 이희승은 정말로 고마워했어. 그때도 이희승은 우리한테 사기 칠 마음을 먹고 있었던 걸까?"

나는 그 생각을 멈출 수 없었다. 이희승이 언제부

터 사기 칠 마음이었는지에 대해서, 하루도 쉬지 않고 생각했다. 1년 전 후기에 있던 집 공사를 할 땐 사기 칠 마음이 없었던 걸까? 그러면 우리한텐 왜 사기를 친 걸까? 나와 처음 통화를 하며 약속을 잡았을 땐 무슨 생각을 먼저 했을까? 잘 걸려들었다며 환호했을까? 떨렸을까? 우리 집에 왔을 때 바닥을 기어다니며 찡찡대는 애가 있었다면, 그랬다면 사기 칠 마음을 접었을 수도 있었을까?

"이희승이 그날 좀 늦을 것 같다고 전화를 했었잖아. 그때 난 괜찮다고, 천천히 조심히 오라고 말했어. 그때 이희승이 진심으로 고마워하던 게 기억나. 말로만 감사하다고 하는 그런 거 말고, 뭐라고 설명은 못 하겠는데, 아무튼 그 말에 고마워하는 걸 난 느낄 수 있었어. 전화 통화였는데도 느껴졌어."

그래서 난 이 상황을 더 받아들이기가 힘들었다. 세면대 배관에 대해서 얘기할 때의 이희승한텐 공사 상황을 머리에 그려보며 문제점을 점검하려는 사람의 진

심 말고는 없었다. 더한 것도 덜한 것도 없었다. 결과적으로는 사기였을지라도 사기에 도달하기까지의 과정 속엔 진심이 깃들던 순간들이 있었다는 것, 그것이 나를 더 미치게 했다.

"자기야, 사기란 게 원래 이런 걸까?"

나는 와이프를 보며 말했다.

"돈 털리고 속고 그런 것만이 아니라 피해자 마음을 이렇게 망가뜨리는 거, 사기란 게 이런 거야? 이렇게 무서운 거야?"

나는 착잡한 마음으로 소파에 머리를 기댔다. 질린 얼굴로 쳐다보던 와이프가 달래는 투로 말했다.

"자기야, 생각 그만하고 가서 좀 쉬어. 이희승은 어차피 곧 잡혀. 우린 150만 원 돌려받으면 되는 거고."

나는 그 말에 버튼이라도 눌린 듯 소파에서 고개를 들었다.

"자기 진짜 150만 원만 돌려받으면 끝이라고 생각해?"

"자기야, 이제 좀."

"150만 원만 돌려받으면 돼? 자기는 그게 돼?"

와이프 얼굴이 다시금 서서히 질린 얼굴이 되어갔다.

"자기는 어떻게 그렇게 쉬워?"

"……."

"왜 나만큼 혼란스러워하지 않아? 응? 매사가 어쩜 그렇게 쉬워?"

"안 쉬워."

"안 쉬워?"

"안 쉬워. 나도 안 쉽다고오오오오오!"

와이프가 소파에서 벌떡 일어났다. 차 키를 들고 나가며 와이프가 말했다.

"닥치고 좀 자. 징글징글한 새끼야."

두 시간쯤 지나 와이프가 들어오는 소리가 들릴 때까지 나는 이불을 뒤집어쓴 채 이희승 사기 피해자 단톡방에 들어가 몇몇과 얘기를 나누다 잠들었다.

그 뒤로도 일상은 변함없이 이어졌다. 와이프와 나는 각자 제시간에 출근했고 특별한 일이 없는 한 정시에 퇴근해 집에서 저녁을 먹었다. 화요일과 목요일과 일요일엔 배달 음식을 시켜 먹었고 월요일과 금요일엔 내가, 수요일과 토요일엔 와이프가 식사를 준비했다. 방 청소는 주말에 몰아서 같이 했다. 매주 금요일마다 격주로 돌아가며 재활용 분리수거를 했고 일이 주에 한 번 목요일마다 섹스를 했다. 우리가 하지 않는 건 한 가지, 욕실 청소뿐이었다.

나는 비포 욕실에 오만 정이 떨어진 기분이었고 그건 와이프도 마찬가지인 것 같았다. 예정대로라면 모두 철거되었을 도기와 수전과 타일을 이제 와 새삼 닦으며 쓸 마음이 도무지 들지 않았다. 그렇다고 욕실을 사용하지 않는 건 아니어서 와이프와 나는 그 안에서 세수하고 양치하고 볼일 보고 샤워하고, 하던 걸 했다. 그냥 청소만 안 할 뿐이었다.

날은 점점 더워졌고 타일 사이 줄눈엔 곰팡이가 늘

어갔다. 거울은 얼룩으로 지저분해졌고 세면대에도 금세 분홍색 물때가 끼었다. 변기는 뚜껑만 올리고 쓸 뿐 시트는 올릴 엄두조차 나지 않았다. 욕실 문을 열 때마다 속 깊은 곳에서 올라오는 욕지기를 누르며 숨을 참아야 했다. 와이프는 끝끝내 청소를 하지 않았다. 나도 하지 않았다. 욕실이 더러워질수록 커져가는 건 오기뿐이었다.

그래, 네가 언제까지 안 하나 보자.
누가 더 비위가 좋은지 보자.
못 견디는 사람이 먼저 하겠지.
어느 날 와이프가 욕실 문을 열면서 말했다.
"하…… 지린내."
그러면서 식탁에 있는 나를 흘끗 보았다. 나 들으라고 한 말이라는 듯이.
나는 식탁에 앉아 멍하니 와이프를 쳐다보았다. 저런 인간이 바로 내 와이프였다. 본인도 내가 하는 건 다 하면서, 씻고 싸고 다 하면서, 냄새가 나거나 이물질이 보이면 와이프는 그게 본인한테서 비롯됐을 수도 있다는 생각은 조금도 하지 않았다. 돌아보면 늘 그랬다. 와이프는 눈에 거슬리는 건 오로지 나로 인한 거라고 생각했다. 그리고 이젠 그 혐오감을 감추려고조차 하지 않았다.

    우리가 수행해오던 일주일의 루틴이 하나둘 깨지기 시작한 건 어쩌면 당연한 수순이었는지도 모른다. 와이프도 나도 밖에서 저녁을 먹고 오는 날이 늘어났다. 그럴듯한 핑계조차 대지 않았다. 와이프는 매일 밤 어딘가에서 샤워를 하고 덜 마른 머리로 들어왔다. 나는 그게 너무 거슬렸지만 헬스장을 끊었다고 못 박아놓아 뭘 더 캐물을 여지도 없었다. 다른 요일의 루틴이 깨지는 건 그런대로 참을 수 있었다. 그럴 수 있다고 칠 수 있었다. 하지만 어느 순간 목요일 저녁의 섹스를 할 수 없게 되었을 때 나는 이때야말로 와이프와 내가 진지하게 대화를 해야 할 때라고 생각했다. 하지만 마주 앉을 타이밍조차 잡을 수가 없었다.

내가 그때 좀 더 전의를 다졌다면, 지금과는 모든 게 달라질 수 있었을까? 와이프와의 대화와 섹스와 식사를 유지할 수 있었다면, 고소를 취하하는 어리석은 짓을 안 할 수 있었을까?

이희승 대신 갑자기 이희승의 형이라는 사람이 나타났을 때 단톡방은 술렁였다. 이희승의 형은 이희승이 갈취한 공사 계약금을 모두 갚을 테니 제발 고소를 취하해달라고 사정했다. 자신의 동생은 주어진 상황 안에서 최선을 다해 살려 했지만 그게 늘 쉽지 않았던 평범한 젊은이일 뿐이며 깊이 반성하고 있다고 했다.

단톡방 여론은 계약금이 입금되는 대로 각자 고소를 취하하자는 쪽으로 흘러갔다. 다들 더는 이 일에 대해 생각하고 싶지 않은 것 같았다. 계약금을 돌려받고 그냥 털어버리고 싶은 것 같았다. 와이프의 의견도 마찬가지였다.

그때 분위기에 휩쓸렸다고밖에는 말할 수 없을 것 같다. 정신을 차리고 보니 나는 그토록 나를 힘들게 했던 이희승에 대한 고소를 취하한 뒤였다. 그동안 마음을 털어놓으며 의지해오던 단톡방에서도 사람들이 하나둘 나가버렸다. 이희승의 형으로부터 150만 원이 입금되자 와이프는 마치 날개옷을 찾은 선녀처럼 아무런 미련도 없이 나를 떠나버렸다.

나는 이 모든 일이 불과 몇 개월 사이에 일어났다는 걸 믿을 수 없었다.

이희승과 공사 계약을 하기 전만 해도 나는 막 내 집을 가진 남자였다. 와이프와 모든 걸 함께하고 모든 걸 그려볼 수 있던 남자였다. 하지만 이제 내게는 아무것도 없었다. 와이프한테는 모든 걸 차단당했다. 주말마다 나는 방에서 송장처럼 누워 지냈다. 와이프와 서류 정리를 끝낸 뒤 월세로 얻은 원룸 오피스텔에서였다. 오피스텔 앞에 있는 역 광장에선 주말마다 온갖 행사들이 열렸다. 확성기 소리, 음악 소리, 모으고 부르고 외치는 소리. 행사 부스 사이로 아이들이 뛰어다니고 넘어지고 울고 웃는 소리. 나는 그 모든 소리가 고스란히 올라오는 원룸에 누워 자다 깨다 했다. 소리들이 잦아들고 블라인드 사이로 서늘하고 어둑한 빛이 들어오면 나는 눈 깜짝할 사이에 내 인생에서 사라져버린 것들이 한 번 더 눈앞에서 부서져 내리는 환영을 보았다.

 시간이 지날수록 나를 가장 크게 짓눌러오는 것은 내가 이희승에 대한 고소를 취하했다는 사실이었다. 그것은 이희승한테 사기를 당했을 때와는 비교도 할 수 없는 무게로 나를 잠식해왔다. 사기를 당했을 때는 호소할 데가 있었고 함께 분노할 사람들이 있었다. 지나가는 누구를 붙잡고 말해도 내가 부당한 일을 당했다는 걸 이해받을 수 있었다. 하지만 나한테 사과 한마디 하지 않은 사람을 내 손으로 놔준 이상 나는 이제 이 고통을 누구하고도 나눌 수 없었다.

 나는 철저히 혼자인 채로 뼛속 깊은 자괴감과 자기혐오 속으로 미끄러져 들어갔다. 한심하고 후회돼서 견딜 수가 없는 기분이었다. 나는 비벼 나온 짜장면을 군말 없이 먹는 인간이었다. 그런 인간이 나였다. 사기를 당해서가 아니라 고소를 취하함으로써 나는 비로소 하찮은 인간으로 완성되었다. 와이프의 예언은 정확했다. 내 탓이었다. 나 자신을 등신으로 만든 건 다른 누구도 아닌 나라는 생각이 나를 좀먹어갔다. 시간 감각을 잃은 채로 좀비처럼 출퇴근을 반복했다. 무력감 속으로 끝도 없이 가라앉았고 그러다 불쑥 치고 올라오는 울화에 다시 기진맥진했다.

그랬기 때문에, 이희승의 카톡 프로필에 갑자기 이희승의 얼굴이 떴을 때 나는 시간이 얼마나 지난 뒤인지 금세 가늠이 되지 않았다.

10년 정도가 지난 것일까. 못해도 10년은 지나야 말이 되는 거 아닌가. 사기범이, 피해자들과 연결되어 있는 카톡 프로필에 자기 사진을 다시 올린다는 건 적어도 10년은 지나야 가능한 일이 아닌가?

나는 이희승의 프로필 사진을 열었다. 동네 상가 테이블로 보이는 곳에 앉아 웃고 있는 사진이었다. 수사관이 보내왔던 이희승의 사진과 몇 번을 대조했다.

다시 봐도 이희승이었다. 무쌍의 작은 눈이 날카로워 보이기보단 어수룩해 보이던 남자. 이희승.

두말할 필요가 없었다. 이것은 이희승이 어딘가에서 숨죽여 지내거나 계속 사기를 치고 다니는 게 아니라 일상을 회복했다는 증거였다. 피해자들의 선처를 당연한 듯 받아먹었을 뿐 자숙과 반성을 모르는 인간이라는 증거였다. 본인 때문에 모든 걸 잃고 좀비처럼 사는 사람이 있을 수도 있다는 상상 자체를 못 하는 인간이라는 증거였다. 본인이 나한테 입힌 피해가 오직 150만 원일 뿐이라고 생각한다는 증거였다. 말하자면 이것은, 이희승이 응징받아 마땅한 인간이라는 증거였다.

나는 회사에 월차를 쓰고 오피스텔에 틀어박혀 이희승의 SNS를 찾기 시작했다. 이희승의 메일 주소와 홈페이지로 쓰던 주소가 있었으므로 아이디를 조합해 오래지 않아 계정을 찾아낼 수 있었다. SNS 계정의 마지막 업로드는 몇 년 전이었다. 나는 카카오톡 프로필에 집중하기로 하고 다시 신호가 오길 기다렸다. 인내심을 가지고 숨죽여 기다렸다.

몇 주가 흘렀는지 알 수 없지만 어쨌든 계절이 바뀌진 않은 정도의 시간이 흘렀을 때 이희승이 다시 프로필 사진을 올렸다. 캠핑장으로 보이는 곳에서 지인들과 모여 찍은 사진이었다. 부부나 커플로 보이는 사람들도 있었고 아이들도 보였다. 이희승은 그들 사이에 편안하고도 자연스럽게 섞여 장난스러운 표정을 짓고 있었다. 그들이 입고 있는 반바지와 우거진 나무를 보고서야 나는 지금이 한여름이라는 것을 깨달았다. 작고 뾰족한 것이 가슴을 긋고 가는 듯 미세한 통증이 뻗쳐 왔다. 이희승이 나한테 시간 감각을 돌려준 것이었다. 송장과 다를 바 없던 몸에 피가 도는 게 느껴졌다. 나는 이번에야말로 망치지 않기 위해 숨을 골랐다.

며칠 뒤 나는 이희승한테 카톡 메시지를 보냈다.

―이희승 씨, 나를 기억하십니까?

이희승은 아홉 시간 뒤 메시지를 확인했다. 답은 하지 않았다.

다음 날 같은 시간에 나는 다시 메시지를 보냈다.

—이희승 씨, 우리 집을 기억하십니까?

이희승은 이번엔 세 시간 만에 메시지를 확인했다. 답은 하지 않았다. 그렇다고 나를 차단하지도 않았다. 차단할 이유조차 없다고 생각해서인지 아니면 일말의 미안함 때문에 내 말이라도 듣겠다는 것인지 알 수 없었다. 어느 늦은 저녁 오피스텔 블라인드를 올리고 역 광장을 내려다보다 나는 이희승한테 세 번째로 메시지를 보냈다.

—이희승 씨, 그날 저녁을 기억하십니까?

멀거나 가까운 곳의 불빛들이 땅 위와 허공을 오가며 반짝거리는 게 보였다. 주말 낮과는 다른 종류의 소음이 역 광장 곳곳을 낮게 흘러다니고 있었다. 그렇게 메시지를 보내고 나자 더 작고 더 뾰족한 것이 가슴을 찌르고 간 듯 어떤 그리움이 밀려왔다.

생각해보면 이희승은 와이프와 내가 함께 보내던 저녁의 마지막 목격자였다. 망가지기 직전의 우리 모습을 눈에 담은 유일한 사람이었다. 어쩌면 이희승은 떠올릴 수 있을지도 몰랐다. 실내에 남아 있던 된장찌개 냄새와 욕실에 걸려 있던 수건을. 식탁 한쪽에 있던 티슈 통과 메모지들을. 나한테 사기 칠 예정으로 달려오던 평일 저녁의 막힌 도로 위에서 자신이 했던 말들을. 아직은 모든 걸 되돌릴 수 있었던 그날 저녁을.

나는 블라인드를 내린 뒤 노트북 앞으로 가서 검색을 시작했다. 이희승을 곧 만나게 될 거라는 생각이 들었다. 그것은 이희승의 의지와는 무관하게 이루어질 가능성이 컸지만 어쨌든 이희승은 나를 만나게 될 것이다. 집 앞에서 불쑥 마주친다고 해도 이희승은 나를 그다지 경계하지 않을 수도 있었다. 이희승은 내 울분의 강도를 모를 것이므로, 애당초 타인에 대한 상상력이 턱없이 부족한 인간이므로, 나를 그다지 두려워하진 않을 것이다. 나는 주어진 상황에서 최선을 다하려 했지만 늘 쉽지 않았던 평범한 남자일 수도 있을 테니까. 그렇지 않은가?

여름 출타

정미옥 씨는 연초부터 내내 여름 피서를 고대해왔다. 어쩌면 지난여름이 끝난 직후부터 기다려왔는지도 몰랐다. 여름은 정미옥 씨의 계절이었다. 겨울에서 봄을 지나며 여기저기 찌뿌듯하다가도 잎맥에 물이 탱천하는 여름이 되면 발끝에서부터 원기가 차올라왔다. 여름엔 뭘 먹어도 금방 소화가 됐다. 땀을 한 양동이 쏟고 돌아서도 물 한 사발만으로 기력이 돌아왔다. 한밤에 문을 열어젖히고 나가 동네 한 바퀴만 돌고 와도 속이 뚫리는 때가 여름이었다. 하늘의 별은 멀게 반짝여서 좋았고 옥수숫대로 부는 바람은 귀를 간질여서 좋았다.

정미옥 씨는 그 여름에 서른넷이었다. 오롱조롱한 두 아들이 있었고 다정한 덴 없어도 큰 흠은 없는 남편이 있었다. 떡 한 조각도 나눠 먹는 이웃들이 있었고 미옥아, 미옥아, 불러주는 친정도 있었다.

그해 여름 피서는 네 가족이 동반했다. 엇비슷한 나이의 아이들을 키우는 이웃해 사는 집들이었다. 정미옥 씨는 거의 한 달 전부터 야금야금 피서 준비를 했다. 다 해진 은박 돗자리를 버리고 새 돗자리를 장만했다. 아이들이 쓸 튜브도 닦아놓고 두 아들한테 새 샌들도 사 신겼다. 자신이 선보일 파전 요리를 위해 양념들도 빠짐없이 소분해 쌌다. 부엌 한쪽에 가스버너와 아이스박스를 놓아두고는 곧 떠날 계곡을 그려보며 남몰래 들뜨고는 했다.

가장 걸리는 건 남편이었다. 남편은 정미옥 씨와는 다르게 여름만 되면 맥을 못 추었다. 뭘 먹어도 살이 안 오르는 체질이긴 했지만 겨울과 봄가을엔 그만그만하던 체력도 날이 더워지면 병든 닭처럼 되곤 했다. 정미옥 씨는 피서를 앞두고 남편이 여름감기라도 걸려 골골 댈까 봐 미꾸라지를 몇 마리 고아 먹였다.

정미옥 씨는 큰 걸 바라지 않았다. 두 아이와 남편과 함께 여름 강가에서 신나게 웃어보는 것. 그렇게 찍은 물놀이 사진 한 장이면 1년 동안 행복할 수 있었다.

출발하는 날은 아침부터 더위가 기승을 부렸다. 이번에 가는 계곡은 같은 멤버로 아이들 갓난쟁이일 때 한번 놀다 온 적이 있는 곳이었다. 솔밭이 드넓어 텐트 칠 그늘이 많았고 계곡은 계곡대로 맑고 찼다.

첫날엔 개를 잡고 이튿날엔 닭을 삶는다고 했다. 양 씨네 트럭엔 커다란 솥단지와 함께 네 집의 텐트와 짐 박스들이 줄줄이 실렸다. 누렁개는 한 마리, 닭은 세 마리가 실렸다.

정미옥 씨는 얼마 전 장날에 산 작약꽃 원피스를 꺼내 입었다. 가족 동반으로 놀러 가는 이런 날은 여자들이 너도나도 몸꼴을 내는 날이었다. 정미옥 씨는 골격이 크고 등발도 있는 편이었지만 외출할 땐 한결같이 하늘하늘한 것들을 찾아 입었다.

솔밭 계곡은 많이 멀진 않았지만 그렇다고 가깝지도 않았다. 한 자리씩 잡고 텐트를 치면서 일행들은 일찍 출발하길 정말 잘했다고 입을 모았다. 개와 닭들을 나무기둥 하나에 한 마리씩 묶어놓은 뒤 아이들과 아빠들이 먼저 계곡물로 뛰어들었다.

솔밭은 시원했지만 계곡은 일찍부터 땡볕이었다. 초반부터 너무 무리하는 거 아닌가 싶었지만 남편이 아이들을 데리고 물놀이를 하는 걸 보니 정미옥 씨는 그저 뿌듯하기만 했다. 언제 봐도 좋지 않을 수 없는 풍경이었다. 이번 피서에선 어쩌면 정미옥 씨가 원하는 장면 하나쯤은 남겨 갈 수 있을지도 몰랐다.

점심때가 가까워지면서 피서객들이 하나둘 들어와 자리를 잡기 시작하자 솔밭 계곡은 점점 분위기가 무르익어갔다. 유원지 계곡엔 역시 사람들이 북적북적해야 흥이 난다고 정미옥 씨는 생각했다. 점심으로 삼겹살을 굽고 감자수제비를 끓이며 술이 한두 잔씩 돌자 사방이 쨍하게 달아오르며 웃음소리가 높아졌다.

그러니까 이제 시작인 것이었다.

1박 2일 피서의 정점은 첫째 날 오후에서 저녁으로 이어지는 시간대가 아닌가. 여자들도 물에 들어갈 채비를 마치고 온 가족이 계곡으로 뛰어드는 때. 수박이 쪼개지고 사이다 병이 옮겨지는 때. 물놀이를 마친 노곤노곤한 몸으로 불을 피우는 때. 그 모든 게 시작될 참인 이때에, 정미옥 씨네 텐트에선 남자 셋이 앓아누워 있었다.

남편은 얼굴과 어깨가 벌겋게 익은 채 담요를 덮어쓰고 있었다. 좀만 쉬어야겠어, 여보. 그러면서 노인네처럼 끙끙 앓는 소리를 했다. 오전에 좀 놀았다고 벌써 지친 것이었다. 아빠를 닮아 약골인 아들 둘도 텐트에 널브러진 채 일어날 생각을 하지 않았다.

놀자. 우리도 좀 놀자. 같이 나가서 놀자!

당장이라도 하나씩 집어 들어 물속으로 던져버리고 싶었지만 귀찮다는 것도 아니고 힘들다는데 방법이 없었다. 정미옥 씨는 텐트 밖을 바라보았다. 다른 집들은 이미 다 계곡으로 들어가 가족끼리 다이빙을 하고 튜브를 던지며 명장면을 만들어내고 있었다.

정미옥 씨는 부아가 나고 속이 상해 자갈을 푹푹 찼다. 들끓는 마음을 식히느라 솔밭을 한 바퀴 돌았다. 나무기둥에 묶여 있던 누렁이가 정미옥 씨를 보더니 꼬리를 흔들었다.

"뭘 보니?"

쏘아붙이곤 정미옥 씨는 나뭇가지를 하나 집어 들었다. 가지로 허공을 휘저으며 강을 따라 내려갔다. 한참을 걷다 돌아보니 솔밭이 저만치에서 갈 수 없는 섬처럼 반짝거렸다. 계곡물에 들어가 있는 사람들이 빛 알갱이처럼 겹겹으로 튀어 올랐다. 정미옥 씨는 입을 삐죽이고는 물가로 걸어가 다리 한쪽을 물에 담갔다. 달구어진 부지깽이를 집어넣은 것처럼 치지직 소리가 났다. 여름엔 식히는 게 일이었다. 식혀야 할 게 너무 많았다. 치맛자락을 툭툭 털고 정미옥 씨는 다시 걸었다.

걷다 보니 눈앞은 바야흐로 맹렬한 여름이었다. 잎들은 푸르다 못해 거뭇하게 뻗쳐올랐고 돌멩이 하나하나가 다 태양열을 머금고 있었다. 벌레들은 눈앞의 돌을 뚫을 듯 목청을 다해 울었다. 정미옥 씨는 원피스 자락을 한쪽으로 묶어 매고는 속바지 차림으로 첨벙첨벙 강을 건넜다.

건너고 보니 그쪽은 또 다른 마을인 듯했다. 그늘 하나 없는 강어귀에 누군가 혼자 앉아 있었다. 자바라 물통을 옆에 끼고서였다.

"개를 데리고 왔네요."

그 말에 정미옥 씨는 뒤를 돌아보았다. 누렁이가 정미옥 씨의 뒤에서 몸을 털고 있었다.

"너 뭐니? 왜 따라왔니?"

그렇게 묻고 보니 자갈을 차며 솔밭을 돌다가 개 목줄을 끊어버린 건 정미옥 씨 본인인 것 같았다. 일행들한테 심술을 부리고 싶은 심사였는지도 몰랐.

"잘 왔어요. 잘 건너왔어요."

강어귀에 앉아 있는 사람은 짧은 커트 머리를 하고 있었다. 머리가 하얗게 셌는데 머리숱이 풍성해 나이가 한눈에 가늠되지 않았다. 체형은 젊은이인데 얼굴만 노인으로 분장한 드라마 속 주인공 같다고 정미옥 씨는 생각했다. 여러 시간대를 한 몸에 지닌 듯한 사람.

"이 동네 사세요?"

정미옥 씨가 묻자 머리가 하얀 사람이 고개를 저었다. 그러곤 덧붙였다.

"비가 많이 올 텐데……."

누렁이가 주위를 돌며 땅 냄새를 맡았다.

사방에서 벌레들이 합창을 했다.

"나는 사람을 찾고 있어요."

머리가 하얀 사람이 말했다.

"한 30년쯤 찾았는데, 이 동네에 오래 살았다는 말을 얼마 전에 들었지요. 막상 오긴 했는데, 날은 덥고 목이 타서, 이렇게 물만 마시고 있어요. 배부르네요."

배부르다면서도 머리가 하얀 사람은 자바라 물통

을 거꾸로 들고 물을 한참 들이켰다. 그러곤 말했다.

"우리 엄마가요, 그러니까 우리 엄마가, 살아 계시면 지금 한 백이십 살쯤 되거든요. 우리 엄마가 젊었을 때, 아니, 그, 어렸을 때, 딸 하나 있는 집에 재취로 시집을 갔어요. 가보니 그 딸이 얼마나 뭘 못 먹었는지 가죽이 죽죽 늘어날 정도로 말라 있더래요. 불 때려고 아궁이를 열면 아궁이 속에서 엉금엉금 기어 나오더라는 거예요. 그 비쩍 마른 애가요."

"세상에나. 얼마나 추웠으면 아궁이에서."

정미옥 씨는 옆에 나란히 앉아 머리가 하얀 사람의 얘기에 귀를 기울였다. 혹시라도 솥밭께가 보이려나 싶어 강 너머를 건너다보았지만 멀리도 걸어왔는지 작은 소리 하나 들리지 않았다.

"엄마가 그 집에 시집가 제일 먼저 한 일이 그 애를 먹이고 씻기고 입힌 거였어요. 얼마 안 가 그 애는 살이 오르고 제법 사람 꼴이 되었지요. 엄마는 그 집에서 아이 셋을 낳았어요. 그중에 하나가 나였고요."

"아, 그렇군요."

정미옥 씨는 고개를 끄덕였다.

머리가 하얀 사람은 다시 또 물통의 물을 한참 들이켰다.

누렁이가 강 건너를 향해 컹컹 짖었다.

"그 애는 엄마가 낳은 배다른 동생들을 잘 보살펴줬다고 해요. 젖 토하면 닦아주고, 기저귀도 갈아주고. 그러다 일찍 시집을 갔대요. 그러곤 여차저차해 연락이 끊기고 말았는데, 엄마가, 돌아가실 때 그 언니를……. 언니라고 불러도 되겠지요?"

머리가 하얀 사람이 갑자기 물어와 정미옥 씨는 다시 고개를 끄덕였다.

"엄마가 돌아가실 때 그 언니를 그렇게 보고 싶어 했어요. 저한테 그랬지요. 살다가 마음이 아리면 한번 찾아봐라. 나는 못 찾았지만 너는 찾아봐라. 그 애가 너를 그렇게 업어줬다. 그 애가 너를 업어줬다. 그 애가 너를……. 그러곤 돌아가셨지요."

뙤약볕이 물기 마른 맨다리로 내리꽂혀와 정미옥 씨는 다리를 접은 방향을 바꾸었다. 살이 쓰라렸다. 가열되는 냄비 속 개구리처럼 아까부터 뭔지 모를 고통이 밀려오고 있었지만 정미옥 씨는 더위 때문이라고만 생각하고 있었다.
 "그 언니가 이 마을에 오래 살았다는 걸 나는 이제야 안 거예요. 솔밭이 있고 강이 굽이진 이 마을에요. 이 강가로 해가 뜨고 지는 걸 몇 천 번을 봤을지, 몇 만 번을 봤을지."
 거기까지 듣고 정미옥 씨는 자리에서 벌떡 일어났다.
 정미옥 씨가 말했다.
 "찾으러 갑시다."
 머리가 하얀 사람이 정미옥 씨를 올려다보았다.
 "당신 언니를 찾으러 가요. 저 마을로 들어가 한 집 한 집 차례차례 찾아봅시다."
 작약꽃 원피스를 입은 덩치 큰 정미옥 씨가 나뭇가

지를 집어 들었다. 발끝 손끝에서부터 다시 원기가 솟는 게 느껴졌다.

"개도 있고 물통도 있는데 뭔들 못 찾겠습니까. 어서 갑시다."

정미옥 씨는 당장이라도 걸음을 옮길 듯 몸을 틀었다.

머리가 하얀 사람이 정미옥 씨를 붙잡았다.

"가지 말아요. 가면 안 돼요."

"……."

"비가 쏟아질 땐 강을 건너가면 안 돼요. 절대 안 돼요."

그 말에 정미옥 씨는 잠시 호흡을 멈췄다.

머리를 흔들었다.

마른세수를 했다.

눈을 한 번 감았다 떴다.

강 건너를 부옇게 채우고 있는 건 빛이 아니라 비였다. 엄청난 양의 비가 쏟아지고 있었다. 돌을 뚫을 듯

한 벌레 소리도 완전히 삼켜버린 비가 하늘에서부터 내리꽂히고 있었다. 털이 흠뻑 젖은 누렁이가 한쪽에 엎드려 오들오들 떨고 있는 게 보였다. 물이 무섭게 불어나는 걸 보며 정미옥 씨는 다시 강 쪽으로 몸을 틀었다.

"솔밭에 사람들이 있어요."

정미옥 씨는 솔밭으로 가야 했다. 누렁이는 솔밭으로 건너가면 죽을 운명이지만 정미옥 씨는 아니었다. 정미옥 씨는 건너가도 죽지 않았다. 폭우로 고립된 솔밭엔 정미옥 씨의 식구들이 있었다. 매일같이 얼굴을 보는 이웃들이 있었다. 아이스박스도 있었고 파전 재료도 있었다.

"누렁아. 넌 여기 살아. 이 아줌마 따라가서 살아. 나는 간다."

하지만 머리가 하얀 사람은 정미옥 씨를 붙잡고 놓아주지 않았다. 비는 계속 쏟아졌고 개는 끙끙거렸다. 정미옥 씨는 발을 굴렀다. 얼마인지 모를 시간 동안 정미옥 씨의 팔을 잡고 있던 그가 어느 순간 손을 들어 허공을 가리켰다. 비를 뚫고 나타난 헬리콥터 한 대가 솔밭 계곡 쪽으로 가고 있었다. 곧이어 또 한 대가 나타나 계곡 쪽을 향해 갔다.

정미옥 씨는 그제야 다리에 힘이 풀려 자리에 주저앉았다. 구조헬기에서 눈을 떼고 돌아보니 머리가 하얀 사람이 앉아 있던 자리엔 자바라 물통만 오롯했다. 누렁이가 자박자박 걸어와 정미옥 씨의 다리에 머리를 기댔다. 참 얄궂다, 진짜 얄궂다, 정미옥 씨는 중얼거렸다. 머리가 하얀 사람이 붙잡지 않았다면 정미옥 씨는 헬리콥터가 나타나기 전에 기어코 물이 불어난 강으로 걸어 들어갔을 것이다. 정미옥 씨는 물통을 거꾸로 집어 들었다. 고개를 젖히고 물을 쏟아붓듯 들이켰다. 열 통도 마실 수 있을 것처럼 정미옥 씨의 목울대가 세차게 움직였다.

뉴스는 재방송을 해주지 않아 정미옥 씨는 보지 못했지만 그날 저녁 뉴스엔 솔밭 계곡이 나왔다. 허공을 맴도는 헬리콥터 아래로 불어난 계곡물과 함께 구조 대기 중인 피서객들 모습이 잠깐 잡혔다. 먼 산을 보며 담배를 피는 남자 중 하나는 정미옥 씨의 남편이었다. 머리에서 물이 뚝뚝 떨어지는 여자는 옆집 영석이 엄마였다. 아이들은 입술이 파랗게 질린 채 한데 모여 앉아 있었다. 비를 쫄딱 맞은 닭 세 마리도 한쪽에 오종종 모여 있었다. 후에 오래도록 회자될 그해 여름의 피서는 그렇게 몇 초의 자료 화면으로 남았다. 물론 정미옥 씨를 직접 찾아가면 더 많은 이야기를 들을 수 있었다.

특별한 어떤 날

은리의 집안엔 떠돌아다니는 이야기가 하나 있다. 그 이야기를 시작한 사람은 은리의 엄마였다. 명절이나 집안 행사가 있어 사람들이 모이면 엄마가 늘 그 이야기를 했기 때문에 친가와 외가를 통틀어 못해도 6촌까지는 그 얘기를 알았다. 결혼과 함께 새로이 가족으로 유입됐거나 뒤늦게 태어난 아이들도 오래지 않아 그 얘기를 풍문처럼 듣게 되곤 했다.

그건 바로 아기였던 은리가 죽을 뻔했다 살아난 이야기였다. 옛날에 은리네 옆집엔 마음씨 좋은 할머니 할아버지가 살았다. 동네 사람들은 일이 있을 때도 없을 때도 옆집으로 모이길 좋아했다. 그날 낮에도 동네 여자들은 옆집 마루와 평상에 아이들을 데리고 모였다. 큰 아이들은 마당에서 구슬치기를 했고 작은 아이들은 엄마들 곁을 맴돌며 놀았다.

　은리의 엄마가 마루에 앉아 사람들이랑 얘기를 하고 있을 때였다. 아직 돌배기였던 은리가 기어 와 갑자기 엄마의 옷자락을 움켜쥐었다. 엄마가 돌아봤을 때 은리는 이미 얼굴이 새파래져서 숨을 제대로 못 쉬고 있었다. 엄마는 당황해서 어쩔 줄 모르며 울었고 다른 아줌마들도 발을 굴렀다. 그때 옆집 할머니가 달려왔다. 할머니는 은리를 거꾸로 들더니 등을 탁 내리쳤다. 은리의 목에서 구슬이 튀어나왔다.

　은리는 그때의 일이 기억에 없었지만 옆집 할머니를 생명의 은인으로 알고 자랐다. 유리구슬을 집어 먹고 기도 질식에 빠지기 직전의 아기. 그 아기를 살려내는 옆집 할머니의 지혜와 순발력. 엄마가 하는 이야기의 주인공은 때에 따라 은리가 되기도 했고 옆집 할머니가 되기도 했다. 아주 가끔 엄마 본인이 될 때도 있었다. 종종 엄마는 옆집 마당 풍경을 묘사하는 데에 이야기의 대부분을 할애했다. 여름이 되면 마당 옆 텃밭에 토마토와 오이가 주렁주렁 열리고…… 그 집 마루에 앉아 있으면 저 아래 강가까지 내다보여 속이 다 시원해지고……. 어떤 때는 그날 옆집에 모여 있던 다른 사람들 얘기를 길게 끌기도 했다. 연석이 엄마가 그날은 알이 실한 옥수수를 쪄 왔고…… 준호가 하도 찡찡대서 준호 엄마는 내내 젖을 물리고 있었고…….

하지만 어떻게 에둘러도 이야기는 반드시 그 순간에 도달했다. 은리의 숨이 넘어가기 직전으로. 옆집 할머니가 달려오던 순간으로. 엄마는 그 대목에서 항상 동작을 곁들였다. 옆집 할머니가 얼마나 신속하고 절도 있게 은리의 등을 내리쳤는지 직접 재연하는 걸 좋아했다.

소평으로 갈 채비를 하면서 은리가 새삼 그 이야기를 떠올린 건 곧 일가친척들을 만나게 될 예정이어서였는지도 몰랐다. 엄마와 외삼촌들은 외할머니가 위독하시다는 얘기를 듣고 소평읍에 내려가 있었다. 은리가 엄마한테 연락을 받은 건 그로부터 이틀이 지난 뒤였다. 엄마는 은리한테 전화해 아주 작은 목소리로 말했다.

"할머니 좀 전에 돌아가셨다, 은리야."

엄마는 이어 말했다.

"카디건 좀 하나 챙겨다줘, 은리야."

그러곤 덧붙였다.

"운전 살살해서 천천히 와."

할머니의 빈소는 소평요양병원 장례식장에 차려졌다. 소평에 단 하나밖에 없는 요양병원이었고 소평의 노인들은 대개 거기서 죽음을 맞이했다. 초가을 대기가 하늘을 파랗게 채운 9월 중순이었다. 외손주들은 상복을 입지 않는다고 해 은리는 검은색 블라우스를 하나 더 챙겼다.

은리한테 소평요양병원 장례식장은 낯설지 않았다. 고등학교 친구 몇몇의 조부모 장례식 때 방문하곤 했던 곳이었다. 대로변에서 언덕길을 따라 조금 걸어 올라가면 카페를 겸한 편의점이 있었고 그 맞은편에 장례식장 입구가 있었다. 카페 야외 테이블에 앉아 있으면 주차를 하거나 걸어 올라온 사람들이 장례식장 입구로 들어가는 걸 모두 볼 수 있었다.

어쩌다 보니 은리는 할머니의 장례식 기간 동안 나무 데크 위에 있는 그 야외 테이블에 가장 오래 머물게 되었다. 상복을 입고 오가는 외사촌들의 아이들과 놀아주기도 했고 담배를 피우러 나온 삼촌들이 사주는 음료수를 얻어 마시기도 했다. 초가을 하늘에 넋을 놓고 하얀 구름을 올려다보다가 할머니가 딱 좋을 때 가셨네, 생각하기도 했다. 그러고 있다 보면 얼굴은 분명 눈에 익은데 누군지 금방 떠오르진 않는 동네 어르신이 지나가다 네가 은리구나, 했다.

아빠와 이혼한 뒤 엄마는 은리를 데리고 은리의 외할머니와 큰외삼촌이 살고 있던 소평으로 이사했다. 은리가 중학생일 때였다. 소평으로 온 뒤에도 엄마는 은리를 낳아 키우던 곳, 당신의 젊은 시절이 있고 옆집 할머니의 마당이 있던 마을을 꾸준히 그리워하곤 했다. 그렇다고 엄마가 소평에서 외롭게 지낸 건 아니었다. 은리는 어려서 자주 보지 못했던 외할머니한테 큰 정이 없었지만 엄마가 외할머니와 마음을 주고받는다는 것만으로도 외할머니가 좋았다. 엄마의 엄마니까. 그뿐이었다. 은리는 손주로서 외할머니한테 뭔가를 바랐던 적도 없었고 서운한 적도 없었다.

사촌 동생 하라가 아이 손을 잡고 장례식장 입구에서 나오는 게 보였다. 은리는 야외 테이블에 앉아 있다 손을 흔들었다.

"언니, 올 때 차 안 막혔어?"

"응. 너는?"

"나도."

"많이 컸다."

은리는 사촌 동생의 아이를 보며 말했다. 언젠가 무슨 결혼식장에선가 5만 원권 한 장을 쥐여줬던 것도 같은데 이름이 기억나지 않았다. 나이는 한 다섯 살쯤?

"서준아, 은리 이모 알지?"

하라가 묻자 아이가 기억해내고 싶다는 듯 은리를 잠시 올려다보았다. 그사이 은리는 이번엔 꼭 외워둬야지 하는 생각으로 서준이, 서준이, 하라 아들 이름은 서준이, 하고 속으로 중얼거렸다.

"하라야, 너 어디 가서 좀 숨어 있다 와."

"으응?"

"내가 서준이 보고 있을 테니까 어디 가서 좀 쉬다 오면 좋겠다. 어디 숨어들 데 없나."

숨을 데를 찾아보겠다는 듯 은리가 연극적으로 주위를 두리번거리자 하라가 웃으며 손을 내저었다.

하라는 할머니와 가장 가까운 손주였다. 하라의 아빠는 할머니의 막내아들이었는데 사정이 생겨 어린 하라를 할머니가 맡아 키운 적이 있었다. 은리가 막 소평으로 이사 왔을 때 할머니는 어디를 가든 삐삐 머리를 한 하라를 옆에 달고 다녔다. 하라에게 할머니의 죽음은 은리와는 다른 무게일 수밖에 없을 것이다. 한바탕

울고 난 듯 하라는 눈이 부은 얼굴이었다.

은리는 하라와 서준이와 함께 편의점으로 갔다. 은리와 하라는 아이스 아메리카노를, 서준이는 킨더조이 초콜릿을 골랐다. 서준이가 고른 초콜릿은 피규어 장난감이 함께 들어 있는 초콜릿이었는데 봉지를 뜯으니 틈이 벌어져 있는 알 하나가 나왔다. 서준이가 톡 건드리자 알이 활짝 열리며 안에서 심술궂은 표정의 공룡이 나왔다.

"미치겠다. 얘 왜 이렇게 귀여워?"

은리는 그 공룡이 곧바로 마음에 들었지만 그건 서준이도 마찬가지인 것 같았다. 서준이는 공룡을 쥐고 다른 테이블로 가 앉더니 알을 열었다 닫았다 하며 공룡이랑 놀기 시작했다. 하라는 커피를 마시면서 의자에 기대 앉아 있었다.

"안 되겠다. 나도 킨더조이 살래."

은리는 서준이를 데리고 다시 편의점으로 갔다. 초콜릿은 서준이한테 골라달라고 했다. 공룡 피규어가 들

어 있길 바랐지만 열어보니 분홍색 별만 하나 나올 뿐이었다.

"서준아, 이모랑 바꿀까?"

서준이가 고개를 저었다.

"바꾸자. 응? 공룡이랑 별이랑 바꾸자. 응?"

서준이가 싫다고 자기 엄마한테로 도망갔다. 종종 있는 일이었다. 은리가 큰맘 먹고 애들이랑 놀아주려고 해도 그 애들은 오래지 않아 자기 엄마 아빠한테로 도망가버렸다. 울지 않고 가면 그나마 다행이었다.

"누나, 오늘은 서준이 도망가게 만드는 중이야?"

검은 양복을 입은 사촌 동생 영우가 저쪽에서 건너오며 말했다. 큰외삼촌의 둘째 아들이었다.

"영우야, 너 커피 뭐 마실래? 아아? 뜨아?"

은리가 묻자 영우가 갑자기 허리를 꺾으며 웃어 댔다.

"뜨아라니 누나, 뜨아가 아니라 따아지."

영우는 테이블에 와 앉으면서도 계속 킥킥거렸다.

"야, 막 나온 커피 받아봐. 그게 어떻게 따아냐, 뜨아지."

은리가 말하자 다시 영우가 말했다.

"누나. 내 말 좀 들어봐. 주문할 때 따뜻한 아메리카노 주세요, 하면 안 이상하잖아. 근데 뜨거운 아메리카노 주세요, 한다고 생각해봐. 이상하잖아. 식도염 걸릴 것 같고."

은리는 이쪽에서 하라한테 의견을 묻고 싶었지만 하라는 물티슈를 뽑아 들고 서준이한테 가서 뭔가를 닦아주고 있었다.

"좋아, 아메리카노 시킨 다음에 컵 홀더 없이 맨손으로 네가 5초 이상 들고 있을 수 있으면 내가 따아라고 인정해줄게."

하지만 영우는 덥다면서 아아를 시켰기 때문에 실험을 해볼 기회는 오지 않았다. 오후로 넘어가면서 해는 좀 더 쨍해졌지만 바람은 습기 없이 청량했다.

"여름내 그렇게 덥더니, 어떻게 갑자기 이런 바람이

서도 알약을 전혀 못 먹었어."

"그래?"

하라가 물었다.

"응. 감기가 걸려서 약을 받아 와도 알약을 도저히 못 넘기겠는 거야. 휴지통에 버리면 엄마한테 들킬까 봐 장판 열고 그 안에다 버리고 그랬어. 엄마가 어떻게든 먹여보려고 알약 먹어야 될 때마다 복숭아맛 쿨피스를 사 왔거든?"

"그래서? 쿨피스랑 먹었더니 좀 넘어갔어?"

"아니. 약을 잘 먹게 되는 대신 쿨피스를 못 먹게 됐어. 지금도 복숭아맛 쿨피스 못 먹어. 약 냄새가 너무 나거든."

"와, 그 정도면 기억하는 거네. 몸이 기억하는 거야."

영우가 말하자 하라가 고개를 끄덕였다.

"근데 생각해보면 그때 고모 나이가 지금 내 나이보다도 어렸어."

하라의 고모는 은리의 엄마였다.

"그러게."

"나는 그 얘기 들으면 다행이란 생각밖에 안 들어."

하라가 말했다.

"다행이다. 그냥 너무 다행이다. 다 다행이다. 젊은 고모가 눈앞에서 자기 아이를 잃지 않아서 다행이다. 너무 다행이다."

그렇게 말하는 중에 하라의 눈에 불쑥 눈물이 솟았다. 저만치에서 공룡과 놀던 서준이 이쪽을 보았다. 은리가 하라의 등을 쓸자 하라가 이어 말했다.

"어른들이 그 얘기 할 때마다 꼭 이 말을 했어. 그때 옆집 할머니 아니었으면 어쩔 뻔했어. 옆집 할머니 아니었으면 어쩔 뻔했어. 근데 나는 그 가정을 듣는 게 너무 힘든 거야. 가정만으로도 너무 힘들어서……."

하라에게 그 이야기의 주인공은 은리도 옆집 할머니도 아닌 은리의 엄마인 것 같았다. 은리는 그것이 왠지 좀 좋다는 생각이 들었다. 하라가 정말 아기 엄마가 다 됐구나 생각했다.

조의함 앞에 앉아 있던 하라의 남편이 교대를 했는지 밖으로 나왔다. 서준이가 아빠한테 뛰어가는 게 보였다. 하라가 물티슈와 물병이 든 에코백을 들더니 따라갔다.

"누나는 일 좀 어때?"

영우가 물었다.

"밥은 먹는 정도지 뭐. 너는?"

"나는 김치도 먹고 살아. 가끔 생선도 먹고."

"좋겠다."

"누나가 우리 집안에서 제일 유명한 거 알지?"

"알아."

둘은 잠시 큭큭 웃었다.

"우리 엄마 공이 크다, 참."

"고모한테 잘해."

"좀."

"뭐."

"잔소리는 너네 아빠한테 듣는 걸로 충분하거든?"

그때 어떤 남자가 맞은편 길로 지나가면서 손을 흔들었다. 영우도 같이 손을 흔들었다.

"저 아저씬 누구야?"

"누나 몰라? 민혁이 형이잖아. 누나 동창."

"설마. 내 동창이 저렇게 아재일 리가 없어."

동창은 그냥 지나가지 않고 나무 데크 쪽으로 넘어왔다. 영우를 사이에 두고 동창과 은리는 오랜만이다, 잘 지냈니, 같은 어색한 인사를 나누었다. 동창이 은리한테 명함을 건넸다. 시그마 수학학원의 대표라고 쓰여 있었다.

"시그마 수학? 우리가 다니던 그 시그마?"

은리가 묻자 영우와 동창이 함께 고개를 끄덕였다.

"너 나랑 시그마 같은 반이었던 거 기억 나?"

동창이 은리한테 물었다. 그랬던 것도 같았다.

"내가 상수함수랑 항등함수가 뭔 소린지 도저히 모르겠어서 너한테 물어봤었잖아."

그랬었나. 그랬는지도 몰랐다.

불 수 있지."

은리와 하라와 영우는 아이스 아메리카노의 얼음을 씹으며 저쪽 테이블에서 서준이가 공룡을 갖고 노는 것을 바라보았다.

"나 어제 놀라운 사실을 알았어."

입안에서 얼음을 굴리며 영우가 말했다.

"나 어렸을 때 잠이 안 오면 엄마한테 맨날 옛날얘기 해달라고 그랬거든. 엄마가 이 얘기 저 얘기 해주다 얘깃거리가 떨어지면 꼭 해주는 얘기가 있었어. 어느 집 애기가 유리구슬을 집어 먹었는데 어떤 할머니가 거꾸로 들고 탁 쳐서 빼내주는 얘기. 나 그게 은리 누나 얘기인 거 어제 처음 알았잖아. 대박이지 않냐?"

그 얘기 속 애기가 은리인 게 대박이라는 건지 은리라는 걸 어제 알았다는 게 대박이라는 건지 알 수 없었지만 어쨌든 영우는 놀라워했다.

"그게 나라는 걸 정말 몰랐단 말이야? 너 어디 이민 갔다 왔니?"

그렇게 타박하면서도 은리는 그 얘기를 알고 있다고 말해 오는 누군가를 만날 때마다 매번 신기해지고는 했다. 영우처럼 그 얘기는 알고 있어도 그 얘기가 은리 얘기라는 걸 몰랐던 사람도 적잖이 만났다. 먼 친척의 결혼식 피로연 뷔페 테이블에서 술이 거나해져서 다가와 '갸'가 정말 '니'냐고, 그게 '니' 얘기냐고, '갸'가 이렇게 컸냐고 말하던 친척 어른들이 몇이었던가. 그들은 이야기 속 아기가 성인이 된 모습을 대한 뒤엔 꼭 묻곤 했다. 그래, 지금은 뭐 하고 사니. 어떻게 사니. 그러면 은리는 아주 작은 목소리로 답하곤 했다. 밥은 먹고 살아요, 라고.

"누나, 그때가 기억나거나 그렇진 않아? 구슬 집어 먹었던 거랑 막 숨 막히고 그랬던 거 기억 안 나?"

"나겠냐, 기억이. 한 살 땐데."

영우는 마치 전설 속 주인공이라도 만난 듯 무슨 이야기라도 듣고 싶은 것 같았다.

"그 일하고 연관이 있는 건진 모르겠는데, 내가 커

"와, 누나는 그럼 상수함수 항등함수가 뭔지 알았던 거야?"

영우가 물었다.

은리는 놀라운 표정으로 영우를 보았다.

"그럼 넌 몰랐어?"

"응. 난 몰랐는데? 소평에 그걸 아는 고딩이 있었단 말이야? 역시, 은리 누나, 소평의 자랑."

영우가 은리 쪽으로 손뼉을 치며 히죽거렸다.

은리는 얼음이 다 녹은 커피 컵을 흔들며 영우를 노려보았다. 따아 얘기를 할 때 저 새끼를 일찌감치 죽였어야 했는데, 중얼거리면서.

동창은 다음에 소평에 오면 꼭 학원에 놀러 오라는 말을 남기고 갔다.

"함수 개념도 모르던 애가 어떻게 수학학원 원장이 됐지?"

은리가 의자 등받이에 등을 기대며 말했다.

"저 형, 요새 소평 학부모들 돈 다 긁어모으고 있잖

아. 꽤 벌었을걸?"

"좆같다, 참."

"뭐가?"

"나는 남이 잘되는 거 보면 그냥 기분이 좆같아."

"에휴, 구슬 삼키고도 살아난 애기가 말본새 봐라."

"꺼져."

영우의 휴대폰에서 알람이 울렸다.

장례식장에서 누군가 올라와 이쪽으로 손짓을 했다. 할머니의 입관 시간이 된 것 같았다.

은리는 할머니의 시신을 볼 자신이 없어 영우보고 다녀오라고 말했다. 영우를 내려보내고 나니 잠시 뒤 하라가 서준이 손을 잡고 올라왔다. 은리가 입관에 안 들어간다는 얘기를 들은 것 같았다.

"언니, 나 갔다 올게. 서준이 좀 잠깐 봐줘."

"그래, 하라야. 갔다 와."

할머니의 입관 의식이 시작된 걸 아는지 온 사방이 고요해졌다. 새하얗고 뭉실한 구름이 하늘 가운데에서 천천히 흘러갔다. 찌르레기가 귀를 막아대듯 울다가 갑자기 소리를 뚝 그쳤다. 사람들이 사라진 나무 데크 위엔 하라의 아이와 나뿐이었다. 아이는 한 손에 공룡을 꼭 쥐고 있었다. 공룡을 감싸고 있던 알은 그새 어딘가로 사라졌고 맨몸의 공룡만 아이의 손안에서 끈끈해져 있었다. 다섯 살. 하라 아들 서준이.

"서준아."

"네."

"너 나 정말 알아?"

"공룡 사 준 이모잖아요."

그 말에 은리는 기분이 좋아져 함빡 웃고 말았다. 서준이는 내내 공룡한테 애정을 쏟고 있었다. 온 집중을 다하며 즐거워했다. 은리는 서준이와 나무 데크에 서서 번갈아 공룡을 던져 올렸다. 떨어지는 공룡을 은리가 한 치의 흐트러짐도 없이 두 손으로 잡으면 서준이는 손뼉을 치며 신나했다. 그러곤 자신도 똑같이 받고 싶다는 듯 공룡을 다시 위로 던져 올렸다. 하늘은 높았고 은리는 하라의 아이와 나란히 서서 계속 고개를 젖혔다. 두 팔을 벌렸다. 숨죽여 지글거리던 찌르레기가 다시 귀를 감싸듯 울기 시작했을 때 나무 데크 위로 사람들이 나타났다.

길 저쪽에서 검은 상복을 입은 하라가 걸어오는 게 보였다. 얼마나 운 건지 얼굴에 아직 물기가 남아 있었다.

"할머니 어떠셨어?"

은리가 물었다.

"편한 옷 잘 입으셨어. 립글로스도 바르시고."

영우가 보이자 서준이가 공룡을 들고 영우한테로 달려갔다.

"할머니 발 만져봤어."

그 말과 함께 하라의 눈에 다시 울컥 눈물이 솟았다. 계속 울어도 되는 날이었다. 울고 또 울어도 되는 날.

"고모가 많이 우셨어."

하라가 말했다.

그랬을 것이다. 엄마는 많이 울었을 것이라고 은리

는 생각했다.

"뭐 좀 마실래?"

은리가 묻자,

"아아."

하라가 말했다.

은리는 얼음을 잔뜩 넣은 아이스 아메리카노 두 잔을 사 와 하나를 하라한테 건넸다. 오후가 깊어가면서 해가 방향을 바꾸어 나무 데크의 그림자들이 달라졌다.

"할머니 집 앨범에 언니 사진이 하나 있었어."

하라가 말했다.

"그래?"

"응. 무슨 능 같았는데, 파랗고 탁 트인 잔디밭에서 언니 혼자 앉아 있는 사진이었어. 반팔 체크무늬 남방 입고."

어디였는지 기억이 날 것도 같았다.

"그때 내가 중학생이고 언니가 대학생이었거든. 나는 그 사진이 정말 좋았어. 언니가 그 넓은 잔디밭에 혼자 앉아 있는데 너무 고요하면서도 편안해 보이는 거야. 근데 얼마 뒤에 고모네 집에 갔는데, 똑같은 데서 같은 날 찍은 언니 사진이 한 장 더 있었어."

하라가 엄마네 집에서 본 사진은 같은 장소에서 은리가 동기들 여러 명과 엉켜서 찍은 사진이었다.

"언니가 똑같은 잔디밭 위에서 똑같은 체크무늬 남방 입고 친구들이랑 장난치면서 웃고 있는데…… 기분이 정말 이상했어. 언니는 그 잔디밭에 혼자 있던 게 아니었던 거야. 할머니 집 사진에 있던 언니랑 모든 게 달랐어. 배신감 같은 게 들기도 하고, 뭔가에 속은 것 같기도 하고……. 가졌던 적도 없는 언니를 잃어버린 기분이었어."

하라가 커피 컵을 살살 흔들자 얼음이 부딪치는 소리가 났다.

그랬구나.

그랬었구나.

은리도 컵을 살살 흔들었다.

영우랑 공룡 던지기를 하던 서준이가 갑자기 울음을 터뜨렸다. 던져 올렸던 공룡이 어딘가로 떨어졌는데 보이지 않는 것 같았다. 영우 손을 잡고 나무 데크를 뒤지는 와중에도 서준이는 울음을 그치지 않았다. 처음 본 순간부터 온 마음을 다해 놀던 공룡이 한순간에 사라진 것이다.

할머니의 입관이 끝난 그날 오후의 야외 테이블 풍경은 은리에게 이렇게 남아 있다.

공룡이 나무 데크와 파라솔 기둥의 이음새 사이에 빠져 있는 걸 누군가 발견한다. 거기 있던 사람들이 하나둘 파라솔 주위로 모여든다. 누군가는 편의점 주인에게 양해를 구하러 가고, 몇몇은 의자를 딛고 올라가 파라솔 기둥을 들어 올린다. 누군가는 데크에 엎드려 틈새 사이로 팔을 집어넣는다. 있어? 거기 있어? 공룡이 만져지냐고 누군가 묻는다.

장례식장 안 로비로 내려갔다가 은리는 이런 장면도 보았다. 울어서 눈이 퉁퉁 부은 엄마가 로비 소파에서 몇몇 사람들에게 어떤 이야기를 하고 있다. 멀리 있어도 은리는 엄마가 무슨 이야기를 하는지 알 수 있다. 엄마는 마임을 하듯 왼손을 들어 올린다. 오른손을 신속하고 절도 있게 움직인다. 엄마는 그 순간으로 계속 돌아간다. 자신이 하지 못한 것. 되돌아간다면 하고 싶은 것. 해야 하는 것. 돌아가고 또 돌아가 그 순간을 다시 겪는다.

은리를 발견한 엄마가 손짓을 한다. 엄마의 이야기를 듣던 사람들도 은리를 보고 손짓을 한다. 은리는 심호흡을 한번 하고, 그들한테로 걸어간다.

겨울의 일

 아이가 딛고 올라서지 않았다면 완희는 의자를 버릴 생각을 하지 못했을 것이다. 신혼 가구를 마련할 때 같이 가져온 네모난 화장대 스툴 의자였다. 다리 한쪽이 삐걱거린 게 언제부터였는지 기억나지 않지만 완희가 잠깐씩 앉기에는 크게 문제될 게 없었다. 하지만 높은 곳에 손을 뻗으려고 아이가 의자를 딛고 올라서는 걸 본 뒤로 완희는 생각했다. 버려야겠구나.
 버려야겠다고 마음먹고 실제로 폐기물 스티커를 붙여서 내놓기까지는 또 며칠이 지나갔다. 한파가 시작됐고 배수관 동파 위험이 있으니 세탁기 사용을 자제

하라는 안내 방송이 나왔다. 아파트 고층 유리창으로는 여러 모양의 성에가 피어났다. 완희는 아이한테 패딩 점퍼를 입히고 환기를 시키다 베란다에 서서는 저 아래 벚나무 옆의 분리수거장을 내려다보았다.

완희는 경비실로 가서 폐기물 처리비 납부 필증을 샀다. 스툴 의자의 폐기 비용은 2천 원이었다. 완희는 아이와 함께 의자 다리를 나눠 들고 엘리베이터를 탔다. 분리수거장으로 가서 의류수거함 옆 폐가구를 내놓는 곳에 스툴 의자를 세워놓았다. 같이 의자를 들고 내려오는 내내 신나하던 아이는 막상 수거함 옆에 의자를 놓아두고 돌아서자 자꾸 뒤를 돌아보았다.

집에 들어와 완희는 인터넷으로 비슷하게 생긴 스툴 의자를 하나 주문했다. 8년 동안 옆에 두고 쓴 의자였지만 생각해보니 막상 그 의자에 앉았던 시간은 많지 않았다. 직장에 다닐 땐 출근 시간에 쫓겨 늘 서서 화장을 했다. 집에서 프리랜서로 일을 시작한 뒤에도 크게 바뀌지 않았다. 아이를 낳은 뒤 스툴 위에는 물티슈나

체온계 같은 것들이 놓여졌다. 의자 옆을 기어다니던 아이는 의자를 잡고 처음으로 일어섰고 의자를 밀고 다니며 걸음마를 뗐다. 좀 더 자라고 나서는 그 위에 인형들을 올려놓고 섬 놀이를 했다. 넓디넓은 육지인 침대에서 작은 섬인 스툴 위로 인형들은 매일같이 건너가곤 했다.

의자를 내놓은 다음 날 완희는 아이와 집에 들어오다가 의자가 아직도 수거함 옆에 놓여 있는 것을 보았다. 아이가 "우리 의자다!" 외치고는 달려가 그 위에 앉았다 일어났다 했다. 요일을 보니 폐기물 수거일이 내일이었다. 내놓을 땐 의식하지 못했는데 수거함 옆에 덩그러니 놓여 있는 의자를 보니 아이가 언젠가 붙여놓은 디즈니 공주 스티커가 다리께에서 반짝이고 있었다.

다음 날엔 눈이 내렸다. 유치원 버스에서 내린 아이와 함께 들어오다 보니 의자 위에 눈이 엷게 쌓여 있었다. 아이는 이번에도 "우리 의자다!" 외치고는 달려가 의자에 쌓인 눈에다 글씨를 썼다. 수거일인데 왜 의자를 안 가져갔을까, 완희는 잠깐 생각했고 저녁참엔 베란다 창문에 붙어 서서 네모난 스툴 위로 계속 눈이 쌓이는 것을 내려다보았다.

다음 날에도 의자는 수거함 옆에 그대로 있었다. 경비실에 물으니 한파 때문에 수거가 늦어지는 것 같다는 답이 왔다. 쓰레기를 버리러 온 몇몇이 손을 호호 불며 의자와 완희를 쳐다보고 갔다. 막 주차를 한 누군가가 옷깃을 여미며 의자 옆을 종종종 지나갔다. 8년 동안 완희의 침실에 있던 의자였다. 온 동네 사람들이 지나다니는 곳에 의자가 무방비로 놓여 있다고 생각하니 완희는 이상한 기분이 들었다. 한파가 그칠 때까지라도 잠깐 들여놓을까, 2천 원 버리는 셈치고 다시 집에 갖다 놓을까, 자려고 누워서도 머릿속에선 계속 의자가 어른거렸다.

다음 날 일어나자마자 완희는 패딩 점퍼만 걸치고 엘리베이터를 탔다. 머릿속엔 의자를 어떻게 할 것인지에 대한 생각뿐이었다. 한파가 누그러질 기미가 안 보였기 때문에 다른 가능성은 염두에 두지 않았다.

수거함 옆으로 갔을 때 완희는 그 자리에 멍하니 섰다. 의자가 놓여 있던 자리가 텅 비어 있었다. 그럴 리가 없는데, 완희는 주위를 두리번거렸고, 벌써 가져갔을 리가 없는데, 경비실로 갔고, 그곳에서 새벽에 수거차가 다녀갔다는 말을 전해 들었다. 의자가 수거되었다는 걸 몇 번이나 확인한 뒤에도 완희는 한동안 그 자리를 떠나지 못했다.

새로 주문한 의자는 오래지 않아 도착했다. 아이는 자기가 태어난 이래 늘 옆에 있었던 의자는 금세 잊은 듯 새 의자 위에 인형들을 올려놓고 섬 놀이를 했다. 환기를 할 때마다 베란다 창에 붙어 서서 수거함 쪽을 멍하니 내려다보는 습관은 의자를 버리던 그해 겨울에 생겼다.

봄이 온 뒤에도 완희는 의자를 내놓았던 그 주에 휴대폰으로 찍었던 사진들을 종종 열어보았다. 손만 대도 깨질 것처럼 하얗게 얼어 있던 창문이나 며칠을 내리 분

리해놓았던 세탁기 호스. 섬이 없어 육지로 나와 놀던 호랑이와 치타들. 눈을 이고 있던 벚나무 가지. 지난 시간을 붙박아 모아놓은 듯하던 스툴의 네모. 네모를 덮은 눈. 눈 위로 아이의 손가락이 지나간 자국. 우리 의자. 그 옆으로 덤처럼 그려 넣은 하트 하나.